MIRABILIA

Jean-Yves Husson

MIRABILIA

Récit en poésie

© 2019, Jean-Yves Husson

Edition : BoD-Books on Demand
12/14 rond-point des Champs Elysées, 75008 PARIS
Imprimé par Books on Demand GmbH Norderstadt, Allemagne
ISBN : 9782322128150
Dépôt legal : février 2019

Sommaire :

Liminaire ……………………………............11
Au commencement…………………………. 13
Couronnes………………………………….15
Désir……………………………………...17
Erin………………………………………. 18
A quia…………………………………… 20
I Breasail…………………………………21
Tara………………………………………. 23
Belisama………………………………… 25
Belenos…………………………………… 27
Oceano nox……………………………...28
Extra muros……………………………… 30
In extremis……………………………….31
Raptus est………………………………...33
Ada et Laura…………………………….. .35
Sur l'avenue……………………………...38
Circulation……………………………….39
Nihil igni vacuum……………………….40
Sphota……………………………………41
Quelle est la question……………………..44
Le refuge…………………………………46
Au chant du loriot……………………….. 47
Eaux-fortes……………………………….49
Fuga ……………………………………… 52
Maïa ……………………………………... 54
Un conte…………………………………. 56
Une amie…………………………………58
Circonférences…………………………… 60
Baleines…………………………………… 64

Adana	66
Fado	71
Le jaguar	72
L'eau	73
Symptôme	76
Nulle-part	77
Le lac noir	79
Le bal	83
Ty wan	85
Ada nue	86
Une lecture	87
L'éveil	89
Images	91
Verbes	94
La Grande Ourse et le Soleil	96
Le tapis volant	98
Le tambour	100
L'ermitage	103
Saman	104
Caeruleum	107
Excursion boréale	108
L'ultime	111
Soulèvement	113
Un pays	115
Son visage	118
L'équation	119
Confins	121
Ainou	122
Prémices	123
Lustres	125
Chandelles	128
Départ	129
Pérégrinations	130

Liminaire

Ce récit, c'est un buisson d'aubépine.
Une fièvre au fond d'un lit.
Ce que tu montres par-dessus son épaule, ce sont les Hyades, les Pléiades, et Aldébaran.
Ce sont des sphères graves qui retiennent les lignes, un désir où l'existant prend forme et s'attarde.
C'est ce mystère, cette résistance qui s'énonce en distances, en espacements, le temps nécessaire pour être, cette sensation qui donne la mesure et le poids des choses.
Ce monde, c'est une attraction où tu ajoutes ton mouvement singulier selon ce qui s'ordonne. Ce hasard approprié et contenu dans ta circonférence, cette involution où tu te concentres et où tu reproduis le macrocosme, ton univers miroir mais décalé de l'infime fraction qui te permet d'accomplir ta propre loi.
Conteur, tu es l'incertain.

Sous la peau, c'est un chamboulement qui te tient éloigné, c'est ta part, ta portion, un lopin d'accidents, un jardin aux confins pleins de fruits inespérés, de feuillage qui se déploient, où tu goûtes cette émotion si forte, ce délice que tu prolonges, d'où il faut t'arracher, un sentiment qui refuse de s'éteindre, ce fol amour qui invente le moyen de tout transgresser.

Ce monde, tu le chéris, merveille, pur bonheur, il est ta passion, chair de ta chair. À peine né tu l'as connu avant de te connaître, lumière des premiers jours, en toi sa présence.

L'aurore, joie sans mélange, ses rayons dans ta chambre, une couronne pour un roi parfait.

L'aube, la promesse avant d'accomplir ce que l'épreuve exige, les termes d'un pacte sans faille qui t'autorise l'abandon quand tout est au-dessus de tes forces, qui te permet l'abîme et le retour, cette prévenance qui ne te livre pas à la démence de ce qui ne finit pas.

Au commencement

Un brouhaha.
Il s'éveille.
Il écoute.
Une kyrielle dans un silence.
Dehors, ce qui déborde de la nuit.

Côte à côte.
Lui, il l'appelle.
Elle ne dort pas.
Ada ? L'air tremblait. Tu me regardais.
Accroupis, je soufflais sur de l'étoupe.
Il y avait nos signes brûlants, l'ocre sur la veine invisible, le souterrain où les images circulent.
Ada, nous apprenions la géographie sur des sentiers bordés de fleurs.
Le rêve en pointillés et les constellations.
Une maille de pistes que nous suivions, les sens affûtés, le corps lancé comme une sonde.
Les traces de pas menaient aux cavités fraîches où l'on recueille des filets d'eau après la chasse.
Nous nous reposions dans les refuges ombrés, habités dans un cercle, près de la peau des autres.
Nos bras et nos mains, nos étreintes pour contenir le vertige d'une course dans l'éther.
Ada, t'en souviens-tu ?

Les chants et les balancements, la vague rythmée par le bois creux et le pas des danseurs.

Je suis plus grand que moi.
Tu es l'écho de ma splendeur, beauté qui me caresse et me cajole.

Couronnes

J'y viens mon ami. Là, sous la couverture. J'écoute, je me rapproche.
Ada, je l'entends encore…
Cela commence ainsi.

Sur le fleuve, braises couvées dans des pots de terre, emportées au creux des pirogues sur les eaux grasses, peaux d'écailles et gueules béantes, bêtes affreuses qui guettent le rameur.
Nous glissons dans l'écume, il faut se soulever.
Légers sur l'abysse nous témoignons de ce que nos yeux voient.
Peuple ailé, nos couronnes éclairent les gouffres obscurs.
Talon suspendu dans l'humus à l'affût des énigmes.
Enfouis au creux des songes, le miroitement cristallin des pupilles de fauves. Les pelages luisants dans les caches végétales de lianes entrelacées.
Un jaillissement de plumes en myriades multicolores.
Doigts tendus, flèches arc-en-ciel, les chasseurs murmurent le nom des choses.
Chuintements et claquements d'une langue qui traque les mouvements infimes de l'ombre et de la lumière, tremblements de la canopée scandés en formules, puis la détente de l'arc et le bruit sourd d'une chute.
Alors, un chant s'élève, voix douce et fluette.

Un récit, une berceuse, le long des lignes serpentines parfumées de musc, une mélopée d'amour pour le cycle des générations, pour celle que l'on mange, chair fondante de ta bouche.

Ma bouche et ton souffle. Je suis là.

Désir

Mon doux, ne t'endors pas encore, ouvres tes narines, j'ai quelques mots pour toi.

Parfum d'une récitation, le bois de rose d'un moucharabieh, bouche à oreille en langue de phonèmes tangibles, la pulpe des charmes enivre les ruelles.
L'heure pour perdre la raison, passant qui marche sur des sabres.
Où sont les fruits charnus, les dattes de la coupelle ?

Mon compagnon, je veux goûter ce qui est ignoré.
Souffle encore sur l'étoupe et dis-moi qui est celle qui occupe tes pensées.

Ma compagne, ce rêve, c'est Ada, Ada Nì Daghda.

Erin

Écoute, Ada, approche ton oreille. Il est tard, je chuchote.

Aux antipodes pastel, un fusain de corbeaux en vol sous les nuages pâles.
Vent d'ouest, dessalé de bruine. C'est une lande d'herbes maigres mangées par les pierres où les mousses prospèrent.
Une eau claire ruisselle en gargouillis jusqu'au repos d'une tourbière. Chevilles fines cabriolent pour une cueillette de simples, cheveux noirs sous une mantille rouge, œil noir dans le rose des joues.
Son ventre est brûlant, tisanière, elle s'accroupit et relève sa jupe bohémienne. L'ambre éclabousse les tiges décapitées.
Ada, fille de Claddagh.

Ada, n'avance pas sous les hêtres.
Il est là, le vénérable, il boit dans le torrent.
Sa barbe et ses cheveux ondulent dans le courant.
Éloigne-toi, fille de Claddagh, ne t'approche pas.
Il est au jardin céleste.
Retourne t'en au village, emporte ta cueillette.
Lui le pèlerin, le jeûneur, il écoute un silence.

Quatre compagnons tonsurés sont sur la grève. Silhouettes en sayon de laine, les visages sont maigres. Occupés au gréement du coracle, ils s'activent précis et agiles.
Ils sont bons marins de l'abîme, la rupture.

Ada, lèvres carmin, s'est arrêtée en chemin. Elle a entendu les sonneurs de galets, allègres dans le tumulte de la rumeur océane.

L'air crâne, mains sur les hanches, elle les toise, les quêteurs.

Ils rient, gaillards et francs. Pieds menus, elle danse, aguiche de pas cambrés.

- Emmenez-moi avec vous !
- Rentre chez toi, Ada la blanche ! Ton désir nous brûle !

Ils sont fraternels, les éclaireurs, c'est le cœur ardent de l'été qui vient les réchauffer.

- Il vous faudra bientôt coudre les voiles ! J'apporterai l'aiguille, le fil et la toile. Drôles, vous verrez ce que peut faire une fille habile !
- Hâtes-toi, fileuse, nous graisserons la toile, il nous tarde de partir au ponant !
- C'est entre mes cuisses qu'il faut aller pour éveiller des mondes. Là se trouve une nuit belle et féconde. Emmenez celle qui vous le demande, portez-la au nouveau jour.
- Cette voix rauque ? Est-ce toi cueilleuse ?
- Écoutez la, entendez, elle est d'un âge très antique. Elle précède un grand vacarme, un tohu-bohu, une navigation périlleuse. Lui, le pèlerin de l'invisible, il s'est éveillé, il arrive, il m'entend. À présent, il craint de quitter son île et sa jument.

Il vous dira : " Nous naviguerons entre ses cuisses, car le péril est grand dans la tempête ".

- Fille, est-ce toi ? Cette gorge où bat le cœur blanc d'un soleil lointain ? Est-ce toi, Ada ? Ce sein, cette laine zéphire qui bourdonne de feux follets ?
- Pressez-vous, quêteurs. Un vent se lève, c'est l'aquilon.

À Quia

Et puis l'éblouissement, l'obscurité, l'éblouissement …
D'un sommeil lourd et sans rêves, ils abordent un nouveau rivage.

Belle Ada, j'arrête là mon récit. Mes paupières sont lourdes, les mots ne me viennent plus. Je t'en dirai la suite un autre soir.

Mon cher, j'aime cette Ada-là. Reprends ton souffle, éteignons la lumière, la lune est pleine, la nuit est jolie.

I Breasail

Chant de Finistère.

C'est une danse, une sarabande spirale pour éreinter l'intelligence.
Au-delà de la peur, elle s'élève de palier en palier.
Hors du moule de l'homme, jusqu'à la modification des substances.
Mutants sur des canots en papier, trappeurs et algonquins.
Les coureurs de bois, les humbles fondateurs du peuple gaspésien.
Où est leur esprit ?
C'est le cœur de la nation, c'est le monde qui arrive.
Les tyrans passent et le génie s'avive.
Réfugié au nord de l'hiver, il chasse sur la banquise.

New-York, Etats-Unis.

Le cliquetis des couverts, la porcelaine brillante.
Entre les tables, le frou-frou soyeux des serveuses.
Ada qui vient.
Ada, dents de lait. Ada, sourire.
Ada, j'enlève mon manteau. Ada, les arabesques.
Une broderie.
L'odeur d'Ada.

Elle a usé de nouvelles chaussures et fatigué de vieilles impostures.

Ada…

- Sale temps ! Je me suis écorchée, j'y ai laissé un linceul de soupçons. Dans une galerie d'os, il en manquait pour expliquer la transformation de l'homo erectus en homo sapiens.

Tu me poses une question, je réponds en exposant ma théorie.

- L'épigénétique ?
- De quoi parle-t-on, au juste ?
- Ce sont nos bouches qui remuent.
- Et nos yeux qui pétillent.

Laboratoire de biophysique moléculaire, Université de Gaspésie.

Au-dessus des têtes studieuses, le grésillement des particules sourd d'un nimbus de champs morphiques. C'est une salle blanche où se forment des hologrammes instables, des hésitations, des doutes, des idées sans queues ni têtes et des chimères.

Les circulations chaotiques n'y permettent pas d'exclure le danger d'une invention ou les résultats aléatoires d'une collision.

En ce lieu hors du commun, il arrive aussi qu'une cabale modifie le cours de l'univers.

Les dernières observations confirment que l'expression des gènes est modifiée chez le sujet qui pratique la méditation.

La possibilité que ces caractères acquis soient transmissibles aux générations suivantes me semble ouvrir des perspectives passionnantes.

Tara

Tara, comté de Meath, Irlande.

L'aéroplane vrombit au-dessus des nuages. Métal vif-argent, subtil et léger dans l'air. Vol à destination de Tara, province de Meath, Irlande. Reflets de «l'aurore aux doigts de rose».

Ada Nì Daghdha oppose un bâillement léonin à cette exubérance dès potron-minet. Si elle survit aux nids de poule, elle sautera dans la première diligence, cahin-caha sur le chemin jusqu'à l'Université Républicaine de Tara.

Un barde flamboyant, fervent admirateur de la grâce adaïque, la guidera dans le dédale de couloirs et de salles ornés de boiseries.

L'établissement de style *élisabéthain* abrite le prestigieux département de musicologie dont la renommée cause bien des soucis à l'économe en titre, contraint à de scabreux déficits pour offrir l'hospitalité aux troupes nécessiteuses venues s'initier aux mélodies célestes du Sean Nòs. Des musiciens, des étudiants sans-le-sou, de toutes langues et de toutes origines, ignorant l'usage du gaélique et s'exprimant en un pidgin relevé d'affreux accents français.

Le télégramme informait Ada que l'on avait découvert des baguettes d'if gravées d'oghams dans un lot de vieilleries léguées par un collectionneur anonyme. Leur déchiffrement avait révélé qu'il s'agissait d'un chant secret soufflé en consonnes cliquantes dans l'oreille d'un druide chenu, aux temps immémoriaux où l'Irlande n'était encore qu'un caillou venteux, peuplé de créatures ultra-marines. L'Université Républicaine de Tara conviait chaleureusement « l'artiste qui incarne le chant hermétique à une conférence où elle aurait le privilège de découvrir la divine sémantique ».

Halo d'une lanterne en Léviathan, les oghams furent révélés.

>   Paroles en cinq notes de cinq doigts.
>   C'est la main de l'homme,
>   C'est l'or des mines de l'Awen.
>   Par la porte des pleurs en jardin d'Éden,
>   Ils ont suivi les sources,
>   Ils ont voyagé de leur désir.
>   Ils ont allumé des feux,
>   Ils ont semé dans la nuit.
>   Ce sont les traqueurs de l'aube.
>   Paroles en cinq notes de cinq doigts.

Quelle chair pour vibrer, quelle voix, quelle langue pour réveiller un récit ?

Vent tourbé et cavalier, une course pour semer les Gorgones.

Les cheminées ronronnent.

Accoudée au muret, Ada regarde les moutons manger les pierres.

Reflet du jour dans l'œil d'un oiseau.

Elle fredonne, Ada Mirabilia.

Elle est liée la Ténébreuse, de fils de soie et d'argent.

Du Nadir au Zénith, c'est la navette du Tisserand.

Le Lieur,

Le Rêveur.

Belisama

Bellème, comté du Perche, France.

Notes trouvées dans le tiroir d'un secrétaire à la lueur d'une chandelle:

Le mouvement de l'air, l'écoulement de l'eau, tous les corps et tous les contacts me suggèrent une densité hors d'atteinte, hormis quelques frôlements quand l'intelligence s'évanouit. Une force que le feu révèle et qui me laisse rêveur au fond du bois.
Je peux sentir l'état sublime de la matière, sa nature amoureuse.
Je remue les braises, j'imagine la fusion du métal et la cuisson de l'argile. J'invente des artefacts que je mets en mouvement jusqu'aux confins du système solaire pour obéir aux injonctions du crépitement des flammes.
La combustion, un paysage intérieur.
Je vois les mutations qui s'opèrent dans l'incandescence, l'état lumineux qui vacille, une image de l'esprit qui accomplit son œuvre par l'extraction des idées.
Je distingue aussi les contours d'une présence qui relègue les figures du registre nocturne au-delà de la sphère que l'intellect a investi. C'est l'œil dans la nuit, l'atelier du forgeron, la proximité peu appréciée d'un cyclope maléfique pour ceux qui, reclus à l'ombre des chênes, fréquentent rivières, marécages ou lacs en compagnie des ondines, ceux qui recherchent le calme des eaux profondes aux abords des bassins, dans ces lieux où ne s'impose pas la nécessité de ce qui doit être accompli.

Derrière les carreaux, bois et bosquets sont glacés, la fontaine est silencieuse et l'étang a disparu.

Bientôt la nuit bleue, les lueurs jaunes, la chaleur des bêtes et des fenêtres, des lieux habités.

Dehors, la nuit mordante. Je remets une bûche dans la cheminée.

Dans le salon, les aiguilles, les cristaux de cuivre sertis en guirlandes précises, le givre brillant des boules colorées.

Plus tard, une cataracte d'équilibres rompus, le claquement d'un verre qui se brise, le choc d'un coffre clos.

Dans la cuisine, les casseroles clinquantes et le parfum du pain d'épice, les calebasses et les cailles farcies de hachis, les épluchures et les couteaux, des légumes émincés et le caramel d'une réduction.

Ada et Laura, un fil sibyllin.

De quoi parlent-elles ?

Dehors, la pénombre à pas de loup, le silence affamé.

Une porte claque dans le corridor à l'étage, puis une malencontreuse percussion du parquet. Un lit tiède bordé de songes.

Matin d'hiver, la lune à fait son tour de magie, piste en pattes de lapin dans la neige du jardin. Les brioches sont-elles sorties du four ?

Il faut chercher du bois, bûcheron mal réveillé, un ours mal léché qui n'a pas encore bu son café. Dans la remise, il saisit la cognée.

Les sapins soupirent tout enneigés, comment ne pas être indignés.

Bélénos

Chapelle de l'Archange, Mont Tombe, France.

Petite mère sur une jument noire, a laissé son droit et son devoir, son champ et ses pommiers.
A noué son foulard, mis ses gros souliers.
Le poing serré sur le crin pour ne pas tomber.
On l'attend pour la messe.
Il est là son bien-aimé, dans le clos voûté.
La noce sera consommée. Ils iront tout ailés, au festin des mariés.
Au-dessus des remparts, on voit la mer étalée, la grande marée.
Il est bien temps de s'en aller, mon chevalier, mon adoré.
J'ai rangé les armoires, fermé la porte à clefs.

Océano nox

New-York, Etats-Unis.

Une avenue au cordeau, puis à gauche, une petite ruelle où j'aperçois l'enseigne du Calicot Rouge.
Entre deux immeubles, un terrain vague. Plantigrades microscopiques, animalcules protéiformes, pattes d'insectes et museaux furtifs.
Dans la lumière crue du réverbère, un amoncellement de vieilles planches et de gravas.
La probabilité d'un tremblement de terre.
L'œil du badaud, les couleurs tracées sur un mur en catimini.
Derrière la porte, je déambule dans Capharnaüm.
Les épaules et les fesses.
Je me faufile entre des madones miraculeuses.
Dans l'intervalle d'un silence, les saillies d'une danseuse anatomique.
Ada, animale et jaillissante, son corps et ses jambes, le délié souple et sinueux d'un pas de danse.
Les entrelacs d'un tatouage, un envoûtement pudique et composé, le dessin halluciné d'une langue barbare, caractères à l'humeur sorcière pour prévenir les soumissions de la nudité.

Flûte et percussions.

Sais-tu ce que murmurent mes lèvres câlines ?
Ce que chuchotent mes entrechats ?
Comprends-tu les odeurs fauves de ma chair opaline,
Le délice qu'une courtisane offre à son pacha.

Un appât de cannelle,
Pour que lui se glisse en elle.
Pour qu'il pénètre le satin vermeil,
La fleur de pâmoison, l'humide merveille.

Donne à ma bouche mâtine,
La saveur de ta langue latine,
Et pendant que je butine,
J'aimerais que tu caresses mes lèvres marines.

Ada andalouse. Quelle ascèse pour déchiffrer les énigmatiques fossettes de ton art ?

Extra muros

Rôdeuse, tu te faufiles la nuit sous les murailles.
Derrière le plastron des sentinelles.
Les bergers t'ont vue sous les oliviers, attendant le crépuscule.
Ceux qui dorment sous les étoiles connaissent ton visage.
On entend les bêlements quand tu rejoins un amant.
Couchée sur lui, tu l'embrasses et le caresses.
Tu balances tes hanches pour qu'il pénètre entre tes os.
Lui ne sent que le vent et la peau fine d'un songe.
Il goûte un fruit, sa bouche sur tes traits fins et tes lèvres sanguines.

In extremis

Désert de Scété, Égypte.

Un saut de cabris dans la lumière sèche des pierres.
Un adret désolé, un désert brûlant.
Les arêtes sont vives et le relief tranchant.
Un sentier poudreux mène au surplomb d'une roche friable.
Ici l'air est inflammable.
La lumière est lame, le vivant pointu se faufile dans l'ombre passagère.
Ici, les essences subtiles des résines étourdissent d'un bestiaire de songes volatiles.
Sur les monts aromates, chemins de poussière et de sel.
Ici, marchent les fous et les sages, ils marchent sur un champ d'épines.
Leurs chausses ont la finesse d'un fil.
Ici, le corps s'abîme.
Ici, l'humide s'échappe et se sublime.
La nuit, l'être s'anime.
Il a soif, il a faim, il veut se rassasier.
Le souffle est calme et tranquille, tandis que perle la rosée.
Alors, il connait de sa peau, le pain de ses jours. Alors il connait l'effleurement doux et paisible, la présence de l'indicible.

Sur les chemins, on croise les belles âmes et les oreilles des ânes. Babouches battant les flancs, les pèlerins voyagent au petit trot des saints.

Raptus est

Église Saint-Michel, Hildesheim, Allemagne.

Le moine voltigeur, l'acrobate de minuit.
Sous la robe, une clarté.
La lueur est douce sous l'abat-jour.
Il faut lever les yeux, il s'est envolé.
Suspendu au luminaire, il clignote, il palpite d'un sang luminescent.

Bellème, comté du Perche, dans la bibliothèque.

Installée sur le sofa, Laura tourne les pages.
Ce sont les vrilles, les fleurs et les chiffres, la grammaire et les phrases d'un cantique.
Un vol d'oiseaux, un chant du paradis.
De la matrice alphabétique, Laura délivre la ronde des astres et des derviches.
Ses mèches délacées distillent une eau de réséda, dessinent une encre de chine, bouche rose alanguie d'une gorgée de camomille. Les coussins brodés l'étourdissent d'enluminures complexes, d'insectes mordorés, l'éblouissent, un galop alezan l'emporte dans l'allée.
Elle voit défiler les marronniers, passe la grille de l'entrée, remonte le grand chemin. Dans le virage, sa jupe rase les mousses du moulin, puis sa monture réduit l'allure au

franchissement du gué.

Sur l'autre rive, la hutte des charbonniers. « Ohé, belle dame, c'est un beau cheval ! » Ils sont de bonne humeur, visages noirs et rires kaolin. Ils partagent une gourde de vin, surveillent une meule enfumée et un rôti de lapin.

- Pardon de vous déranger, ma jument s'est emballée.
- Quelque chose l'aura sans doute effrayée.
- Je ne sais. C'est, je crois, son caractère.
- Ah, ha, ha ! Ma femme aussi est lunatique. Certains jours, elle me fait tourner en bourrique. Pas vrai, les gars ?
- Sûr ! Elle a de ces ruades !
- Que voulez-vous, une femme se marie mal avec le charbon. Mais on dirait que la jolie s'est calmée. Permettez que je la prenne au licol pour vous raccompagner.
- J'en serais contente, je ne me sens pas la force de la mener.
- Vous êtes sans doute Mademoiselle Laura. Moi, c'est Jean, Jean le Charbonnier. C'est mon nom et c'est mon métier ...

Dans les coupelles de porcelaine, les pâtes translucides, la gelée de coings et la confiture d'oranges. Sur la table à thé, les biscottes et le pain brioché disposés dans une vaisselle colorée. L'évanouie revient d'une équipée qui l'a mise en appétit.

C'est aujourd'hui vendredi. Ada arrivera dans l'après-midi.

Sur un tapis du Caucase, elle survole l'Italie.

Ada et Laura

Dans l'atelier.

Laura taille et ajuste les pièces d'un vitrail.
C'est le soleil dans la lune, il est d'or, elle est d'argent.
La vierge porte un enfant.
Un souffle sur la braise et le charbon devient ardent.
Son ventre à seize ou mille ans, c'est une arche où brûle l'encens.
En dessous, une lumière décomposée, elle éclaire un champ dévasté.
Le doute est fertile dans les mottes de terre, autour du puits cerclé de pierres.

Dans le salon.

C'est l'heure du thé. Ada est arrivée.
Elles ont les manières précieuses.
L'une au soin de l'autre d'attentions méticuleuses, de gestes délicats, elles sont rêveuses et parlent tout bas.
Elles ont des lianes, des tiges volubiles. Sinueuses et courbes, elles mènent à l'air subtil.

Quand tu la rencontreras, tu seras soulevé de terre.
Elle attend sous un cèdre du Liban. Ses yeux, l'orient précieux.

Il longeait la berge, il cherchait un pont.

Après minuit, dans le salon. Piano et flûte.

Il a touché du bout des doigts, mon encolure et ma cambrure.
J'étais nue sans le savoir.
Il a touché sous la moire,
Le valet de mon émoi, le duvet d'une ouverture.
Était-ce les ondulations de ma chevelure,
Ou le scandale de ma parure ?
Mes yeux noirs ?
Ou le hasard ?

J'étais nue sans le savoir,
Je dansais sans rien y voir.

Je l'ai sentie la brûlure,
L'indécence de sa posture.
Mais il était déjà trop tard,
Je dansais sans plus rien voir.
Aurais-je pu rester farouche ?
Me garder de ce manouche ?

J'étais nue sans le savoir,
Je dansais sans rien y voir.

Me priera-t-il sous la Grande Ourse ?
Que je lui baise la bouche ?
Il est déjà trop tard.
Je danse sans plus rien voir.

Laura ballerine une gigue de Bach.

Sur l'avenue

New-York, Etats-Unis.

Ma douce,
Je frôle des calandres piquantes, je suis affûté aux impacts piétonniers.
La membrane est fine entre l'os et le silex.
Je m'écorche aux trajectoires lapidaires et je dois abandonner des lambeaux de chairs extravagantes en me faufilant dans les intervalles irrésolus.
Les vacances et les interstices que l'on atteint à la pointe de l'esprit.
Une pointe obsidienne, les éclats froids d'une lave vitrifiée par la réduction des processus vitaux, un prisme aux facettes effilées pour percer le front divaguant des silhouettes martiales.
Dans les réfractions du cristallin, j'interroge les scintillements irisés des chambres obscures, je questionne les rétines impressionnées. Il faut s'éviter pour ne pas se heurter.

Trésor,
Tu te mets dans des états. Ada ne comprend pas.
Prends soin de toi.

Circulations

Ma belle,
Éjectés du magma fossile, nous flottons sur des îlots de basalte, par-delà les vestiges d'une caldeira, la passe d'un récif corallien, pour un voyage sidéral où les destins se croisent mais ne se partagent pas.

Reclus en notre partie congrue, nous remplissons le vide pour l'illuminer.

Capsules passagères, nous veillons sous un mât, prêts à décocher nos flèches traversières.

On se perd parfois dans les circulations provisoires.

Mon tendre,
Quand tu m'envoies tes flèches, je tressaille.
Je t'embrasse sur les piquants.

Nihil igni vacuum

Chère Ada,
Au-delà de la mer glacée, une terre peuplée d'ombres, un lieu isolé.

Au septentrion, un rivage où nul feu ne brûle.

Sa barque échouée ne repartira pas.

La neige fond sous ses pas, c'est le sentier qui mène à son verger.

Dans la pénombre, il n'est pas troublé.

À distance des tensions liminales, la latitude idéale d'un champ boréal.

Des confins arctiques, il rayonne jusqu'aux bordures où s'échangent par osmose le sel et les fluides épicés.

Celui qui franchit la corde est un fantôme.

Parfois, une migration de papillons pour féconder les fleurs, le chatoiement messager d'un ailleurs et les caravanes nomades pour troquer les bracelets ciselés contre l'ivoire.

Les intrusions et les inventions d'un coyote perturbateur.

Amour,
Qui est ce coyote ?

Sphota

Université de Tara, Irlande.

La neige est revenue. La cloche de la chapelle tinte haut dans l'air froid.
Elle est bergère, alerte et légère.
Elle s'élance, rappelle les brebis et les agneaux, répond aux bêlements.
Plus loin, elle résonne sous une congère, insiste, secoue la laine d'un attardé, fait vibrer un lit de pierre.

Les bonnets, les mitaines et les cache-nez, tout un peuple de sang bleu foule les chemins poudreux. On lance des boules, on se savonne les oreilles et les joues.
Derrière une vitre, des moines copistes apprécient l'élégance balistique de ces jeux attiques. Ils s'exclament de la pertinence d'une saillie, l'un préconise la nécessité d'un repli, un autre souligne la précision d'un tir.
On s'approche de la fenêtre pour évaluer les dégâts causés par les projectiles.

La cloche s'est arrêtée de sonner, il faut revenir aux parchemins.

Dans une alcôve de la bibliothèque, Ada sirote un thé à la bergamote. Elle regarde dehors, le parc blanc et les derniers étudiants qui pressent le pas vers l'entrée.

Le bibliothécaire vient de lui apporter un magnétophone muni d'un casque et des bandes enregistrées. Un corpus de sons articulés par des moines et des moniales, des yogis et des chamanes, les chants et les roucoulements de gorges en extases émis à dix ou quinze mètres du sol devant des foules éberluées.

Sur la place d'un village, dans une église, un monastère, une forêt.

Des gammes hallucinées dans une langue commune, indéchiffrable, ayant pouvoir de guérison.

Des phonèmes édifiants qui en laissent certains épars, agenouillés.

Des enfilades de convulsés, des épidermes martyrisés, des brèches, des fissures qui laissent passer une clarté.

Ces documents enregistrés n'offrent évidemment qu'une reconstitution incomplète du champ acoustique opérant et ne permettent à l'auditeur que de disposer d'une trace des quantités continues du phénomène original. Elle considère néanmoins que l'écoute de ces reliquats pourrait induire l'expression d'une structure innée qui semble devoir rester à l'état latent hors de circonstances exceptionnelles ou d'un contexte culturel favorable. En quelque sorte une combinatoire ultime faisant fonction de détonateur pour déclencher une réaction en chaîne susceptible de modifier radicalement la structure psychique de l'expérimentateur.

Une démangeaison délicieuse jusqu'à l'évanescence d'un transport.

Une piqûre de rappel pour le souvenir d'une île, un jardin d'Éden, une vallée du Caucase.

Nos muqueuses s'offrent des onguents qui invitent au voyage.

Ada a reposé le casque.

L'entêtement du parquet ciré et des reliures en cuir.

Le grattement et le grincement d'une plume sur le papier, le bruissement de feuillets tournés, imprimés de notes pressées sous l'éclairage d'une lampe opaline.

Un clair-obscur où l'on observe d'un recoin les réflexions du jour, les scintillements d'un matin d'hiver.

L'écorce dehors effleure la joue d'Ada.

La tempe appuyée contre le tronc, elle palpe la surface rugueuse, s'assure d'une résistance, les limites objectives des contours de sa chair.

Une réponse qui atteste que le dialogue a toujours cours et que l'on n'est pas livrée à soi, la coopération d'un frottement pour prendre la mesure de ce qui a été réalisé.

Il fallait sortir, en avoir le cœur net.

Quelle est la question

Bellème, comté du Perche.

Laura lui demanda d'ouvrir la fenêtre, ce qu'il fît.

Ce n'était pas exactement ce qu'elle avait voulu lui demander.

Ils s'affairent, méticuleux, aux tâches ménagères.
Peut-être une question moins précise, juste un point d'interrogation, une question confuse qui ne s'adresse à personne en particulier, un acte de langage pour provoquer la manifestation d'une altérité.
Une question dangereuse parce qu'elle pourrait révéler la possibilité d'une supercherie, l'illusion d'une attente déraisonnable. Une question qui pourrait confirmer le sentiment que son interlocuteur n'est qu'un fantoche, un acquiescement soumis pour confirmer qu'elle est livrée seule à ses tourments. Une question à laquelle on ne peut répondre que par le bégaiement d'une formule toute faite. À moins que...
À moins qu'elle ne la pose, non pas pour se rassurer elle, non pas du ton inquiet qui attend une réponse, mais d'une voix ferme pour renseigner l'autre que le doute n'entamera pas sa détermination à passer outre les incertitudes.
L'atmosphère dans la cuisine était fraîche et agréable. Elle lui demanda de refermer la fenêtre. Ce qu'il fît.

Il franchit le pont pour atteindre l'autre rive.
Les cerisiers sont blancs.

Le refuge

Bellème, comté du Perche.

Notes poussiéreuses trouvées sur une étagère au grenier :

La mansarde où je suis allé travailler entre les livres offre les commodités d'un promontoire. Les jours gris et noirs on y est seulement séparé du vent et de la pluie par le verre et l'ardoise.
Le bruit des bourrasques qui s'infiltrent et des gouttes qui tapotent, confère au lieu la dimension et l'atmosphère d'un abri géologique.
Une paroi sommaire, derrière laquelle je goûte par mauvais temps ces lectures capables de délivrer le legs d'une époque où l'histoire était contée dans les salles des châteaux. Imprimé en caractères, l'effort ultime de l'intelligence, le flamboiement bigarré et l'exercice adroit d'un tour de jongleur pour raviver le souvenir d'une ville élégante et ingénieuse. Dans un rectangle parfait, un réseau de fontaines où l'esprit s'ornait du sensible, avant que les digues cèdent et que le fleuve envahisse les bassins décantés.

Au chant du loriot

Bellème, comté du Perche.

Après l'hiver d'os et de dents.
Alpha dans la constellation de la Lyre.

Au chant du loriot,
Sous un drap, derrière les volets clos.
Un songe, plein de malles embarquées sur un pont qui grince et balance.
Un trois-mâts.
Un bleu rutilant, des chaloupes dans la vague.

Par la fenêtre ouverte,
Le matin frais.
Les jours par des percées,
L'or des rayons, les tourterelles.

Le parfum du lilas.
Le parquet craque sous un pied nu.
Un menuet dans l'escalier.
En bas, une ritournelle et les volets qu'on ouvre.

Le chien s'impatiente, il m'attend dans le corridor, queue battante, prêt à bondir.

Un lévrier Tazi au poil noir offert à Ada par des pèlerins, musiciens soufis rencontrés dans les montagnes du Daghestan.

Il dévale l'escalier et je le suis, pénétré par le fumet du pot-au-feu qui mijote en cuisine, un baume vaporeux de sucs, distillés par une marmite mise à feu doux, pleine d'une eau grasse et moelleuse, la rondeur d'un bouillon, une étuve odorante qui une fois refroidie laissera dans l'air la tonalité rustique d'un parfum rance et un peu brutal.

C'est un jour bleu, tout est réchauffé dans la lumière.

Je descends les marches du perron, l'air est doux, vibrant des trilles et des babils, du gazouillis des merles et des moineaux.

Le chien a disparu en contrebas de l'étang, dans un repli de colline herbeuse.

Dans le pré, le sourire des appaloosas, le secret des Nez-Percés.

Il avance au jardin, elle repose dans l'enclos, la peau tiède sous les pétales. Sa respiration s'accélère, elle entend le frappeur.

Elle ouvre les yeux et voit le danseur.

Eaux-fortes

Université de Gaspésie, Nouvelle-Écosse.

Entre les murs de briques rouges, on prépare des soupes d'herbes.

La gravité obtempère dans les vases à l'effervescence de l'ébullition. Les ingrédients sont solubles sur les buses, dans le glouglou des gaz qui s'échappent.

Des teintes changeantes révèlent les composés de la solution et les concentrations. Des aquarelles pâles et des lavis opalins dilués en brumes et en paysages jusqu'à l'extinction des feux.

Les bains acides opèrent des délétions dont on ne se remet pas.

Des métaphores ahurissantes, des syntaxes mutantes qui vous laissent coi ou balbutiant parce que rien ne sera plus jamais comme avant.

Halifax, Nouvelle-Écosse.

Dissolue d'une tisane audacieuse, Ada ensorcelle un nocturne de Chopin. Le végétal a des prévenances et des attraits, des vertus toniques et des qualités médicinales. Il sécrète aussi des molécules messagères, des substances dont les propriétés modifient le fonctionnement de nos cellules et influencent nos humeurs.

Portées par le vent ou infusées dans l'eau chaude, dans la pulpe des fruits ou les résines brûlées, elles nous atteignent comme une rumeur. Elles inspirent des relations insolites qui infiltrent d'images et de sons nos pensées précipitées. L'éclairage et le bruit d'un autre monde qui inhibe ou favorise nos pouvoirs.

La discrétion des plantes.

Un peuple de maîtres chimistes, des anges et des savants hermétistes. Nous sommes tenus par des méthyles pour que leurs graines voyagent dans nos machines.

Les premiers cueilleurs mangeaient les fruits de l'arbre trismégiste. Ils respiraient les complexes torréfactions, la fumée des brûlis qu'ils allumaient pour se garder des fauves.

Ils glanaient aussi les chairs calcinées par l'incendie.

Parfois, des efflorescences d'algues mortifères et des germinations dans les champs psychotropes où mûrissent les ferments de la guerre.

Des nourritures amères, des potions et des formules pour éloigner ceux qui foulent la terre.

Je la regarde et je vois mon désir.

Un corps agile de toutes les grâces, ses longs cheveux noirs sur son dos nu, quelques mèches retenues derrière l'oreille franchissant l'épaule, bouclées sur le sein rebondi, un frisson tendu et rose, visible dans l'intermittence de ses cambrures pour retenir les mouvements d'un staccato.

Une agonie en mesure avant que la volonté ne tombe. Un voile ajusté et brodé de notes brillantes, sa petite culotte, une dentelle en coton blanc qui déguise le charme scandaleux des fesses assises sur le tabouret. L'alcoolat iodé et le satin vénitien entre le velours et la cachette humide où je complote, mais veut croire, édifié du touché virtuose, confus et partagé entre l'ivoire et le corail, que je ne sais pas à quelle texture va ma préférence.

Ada, Ada, est-ce toi ou mon désir ? Ou le bracelet comanche à ton poignet ?

Elle se tourne vers moi et je l'entends dire : « C'est mon désir que tu vois ».

Ada, Ada, est-ce la chouette qui hulule ou ton rêve somnambule ?

La ville palpite de la toquade des talons à l'heure où le sommeil s'évapore sur le comptoir des cafés. Piétonnes et capiteuses dans le matin clair, les coquettes enjambent l'ombre qui s'attarde. Leurs alertes sonores préviennent l'étourdi car la beauté est un art qui s'apprécie.

Elles tournent les têtes, féroces et incisives dans la défaite des jours.

Ada me mord l'oreille en mâchouillant quelque chose comme : « Echpèche de gouchat ».

Fuga

Les buissons secs et la poussière, un lézard fugitif, l'œil est embué de sueur salée.

Attente immobile.

Attendre le signal d'un déplacement, un battement, une mesure, un laps de temps. La fraction minime d'une épaisseur de lame, l'instant pour mourir et parcourir les faces multiples d'un détail.

Saisir l'éternité par évitement de l'inutile, par l'usage économe et reconnaissant d'une respiration, d'un mot soufflé, la portée d'une brise pour répandre le pollen.

Il regarde par une fente, un segment dont l'acuité l'absorbe tout entier.

Un instant où l'on peut être fasciné de soi, si l'on s'attarde, le pelage luisant en quête d'une proie, cherchant à se frayer un passage dans les anfractuosités d'un éboulis. On se perd à poursuivre un gibier que nos canines réclament.

On emprunte un sentier de chèvre qui fleure l'appât et se referme derrière soi.

New-York, Etats-Unis.

Chère Ada,
À midi, je sais que je ne peux me résoudre à l'éblouissement cru du cristal. Je me fatigue de l'émail canin et du marbre des vainqueurs, je voudrais ne pas être là, je ne sais où, car j'ai

beau chercher, plus rien déjà ne me rappelle l'ombre de la tente en compagnie des hommes, la paresse douce et sans défiance à l'heure du thé, quand l'inquiétude est une offense à l'hospitalité.

Alors je m'abandonne aux heures vides, je renonce à renoncer pour ne pas tendre le ressort des automates.

Je suis l'absent. Parce que je ne tolère plus les familiarités de l'étrange.

Je me tais pour ne pas fuir. Déporté au lieu sans pitié, je me soumets au malheur.

Que restera-t-il de moi ?

Je ne me soucie plus des images molles qui m'accompagnent, je suis là tout entier, sans mémoire pour me retenir.

L'espoir, souvenir inutile, n'est pas à la mesure des circonstances.

Mon doux, mon tendre,
Vraiment, tu exagères.
As-tu revu le chat ?
Affectueusement. Ada.

Maïa

Tara, Irlande.

On accède au sommet de la tour par un escalier en colimaçon.

D'en bas, Ada peut voir la patience du chemin de ronde, son regard bleu ciel penché sur les mâchicoulis.

Elle actionne la clenche et tire sur la poignée pour soulever légèrement la porte en bois qui frotte contre la dalle. À droite, les marches qui permettent d'atteindre d'une seule volée le haut de l'édifice.

Elle arrive essoufflée devant les créneaux.

Aux alentours, les troupeaux sont retournés aux prés, les ruisseaux d'or et de galets longent les chemins, invisibles et sonores, plaisantins, ils chatouillent les fossés, débordent dans les allées et les jardins.

L'azur l'observe et la dévore, sa peau picote sous la robe noire. Elle s'appuie sur la pierre chaude, attentive, l'index effrite le mortier. De l'ongle, elle gratte le joint et rassemble les grains qui roulent sous ses doigts.

Le soleil réchauffe son dos, c'est une sensation délicieuse qui l'immobilise. L'œil vague, elle ne trouve pas dans le paysage de détail pour l'enlever au front pâle qui la regarde.

Elle éparpille le sable et trace un signe.

Un chiffre pour figurer ce qui n'est pas encore dit.

La tension d'un événement que le geste traduit avant qu'il ne soit langage, imprécis dans les limbes et séparé du vivant que visite la brise.

Ada, ta frange coupée droite, est franche et sans détour.

Lovée dans la bruyère, tu écoutes le chahut des insectes et les sabots qui cognent le sol. Tu entends les grelots qui agacent le jour et le bec frappeur à l'orée du bois.

Tous les bruits qui se bousculent pêle-mêle à ton oreille, de tous ceux qui, l'air de rien, veulent attirer l'attention. Ce bourdon qui choisit justement le bouquet de pâquerettes où s'étalent tes cheveux et les brebis timides qui ont déserté le fond du pré sous le prétexte que l'herbe est plus grasse de ce côté.

Plus sauvage, le sous-bois t'épie dans le feuillage.

Quand tu relèves la tête, un cou se tend pour voir ton beau visage.

Tu reviens par un chemin du bocage, gravissant parfois le talus pour éviter les ornières détrempées en t'agrippant aux branches des noisetiers qui poussent entre l'orme et le chêne.

Les roitelets et les rouges-gorges fuient les buissons à tire-d'aile quand tu te faufiles sur le bord étroit et dérange en glissant la haie qui s'accroche et t'égratigne.

Tu t'affermis aux accidents, les chocs et l'effort réveillent ton sang, et, préférant un effort scabreux à la boue, tu n'hésites pas lorsque se présente la coïncidence d'une prise et d'un passage.

Au hameau, tu décrottes tes bottines dans une flaque d'eau.

Tara la tortue s'évanouit au loin sous une averse et il faut marcher encore une heure en empruntant une petite route cachée derrière les murets.

Un conte

Bellème, comté du Perche.

Un merle croque du sel et voudrait goûter le chat bleu sur ta langue.

Entre points et virgules, l'eau teinte d'un conte que tu délayes sur un papier japon. Mille détails minutieux figurent les animaux minuscules, les corolles et les tiges qui composent le paysage.

Un moulin écume et roule d'une eau vive, on y apporte du blé et l'on prend sa farine, on se rencontre avec un sac sur le dos, on fume la pipe et on échange des nouvelles. Deux compères cassent la croûte contre un bosquet de troncs noueux, en chemise et robustes comme des arbres, ils ont le temps pour finir l'ouvrage.

Un autre court après son âne en affolant des poules qui picoraient le grain tombé.

Lequel est le meunier ? Je n'en vois pas un qui me ressemble.

Serait-ce moi, celui qui dort dans le foin ?

Tu égayes un champ de coquelicots, puis de l'indigo pour les bleuets, parce qu'il fait beau.

L'ours digère un furet dans sa tanière et le renard attend son heure.

Loup n'est plus, sa peau sèche chez le tanneur.

En blouse bleue et la mine en chiffon, il n'a toujours pas rattrapé son âne. Qu'ont-ils donc ces deux-là ? L'un gueule et l'autre brait sans qu'ils s'entendent. On rit au moulin et on plaisante en patois :

« Voilà ce que c'est quand on est charitable. On discute avec son âne ! »

Mais on devine que pour finir, le premier attendra l'autre et qu'ils feront la paix. Le poil gris aime taquiner le plus glabre, c'est la monnaie qu'il prend pour porter sa charge. Philosophe, ce maître pratique le négoce équitable et ne pourra rester fâché que son domestique soit bon disciple.

On étend du linge blanc sur l'herbe, des femmes en manches et des filles, parce que cette nuit, la lune sera pleine.

En voilà une qui te ressemble.

Et n'est-ce pas Ada qui tire l'autre bout du drap pour le tendre ?

Tout ce peuple serait falot, s'il n'y avait ce méandre où tu dessines un dragon, par touches sourcilleuses au pinceau noir, graves sous le Mont Crâne où fleurissent les croix du cimetière, vives pour les motifs d'écailles en spirales et tourbillons.

Caprine dans le désordre des pots et des taches, tu déranges les tréteaux et tu trouves à côté d'un couteau sur une planche, aux pieds d'un myrmidon jovial, la boite de couleur qui te manque.

Dehors, ce ne sont encore que des primevères et tu rajoutes un peu de bois dans le poêle.

Il est près de onze heures et le poivre dans une poche, je traverse la cour avec une bouteille de muscat, du chèvre frais et un pain bien cuit pour les partager avec toi sur le tonneau derrière la verrière, dans le jardin d'hiver, là où les toiles cèdent aux plantes un asile de lumière.

Un seau en fer-blanc, des bassines en cuivre, un arrosoir en zinc, une pile d'almanachs et des fioles d'élixir.

Dans ce bric-à-brac de jardinier, nous nous régalons des bontés d'un repas frugal.

Une amie

Paris, France.

Boulevard des Capucines, une belle irlandaise, une tisane de verveine.
Dans le café parisien, les serveurs qui vous apprennent les bonnes manières.
Ne vous inquiétez pas, Mademoiselle, vous êtes entre de bonnes mains. Vous, vous n'êtes pas du coin.
Dubline ? Allemande ? Dubline pas Berline ?

Pas une pointe de clou, pas une question.
Un contentement suspect d'abandon en écoutant sur le trottoir des notes rondes et toniques qui le décollent et l'emmènent.
Excursion surnaturelle, il justifie encore par réflexe, mais tout est dit. Des peaux mortes et des parchemins, les reliquats de ce qu'il était hier encore.
Il avance dans l'inconnu sans douleur où il se sent intrus et peut-être coupable, car c'est sans mal, en suivant son plaisir qu'il est arrivé là. Un trottoir mouillé sous le ciel couvert, la compagnie pêche et abricot d'une amie câline, une flânerie d'esthètes attardés dans une librairie, s'arrêtant lorsqu'elle reconnaît l'intelligence du bonheur sur une tranche et feuilletant ensemble les pages pour en lire des passages.
Dans les rayons et disponibles à peu de frais, une somme de mantras que les générations répètent, remis à jour dans des

genres et des registres variés, qui attendent qu'un enchaînement de circonstances favorables et mystérieuses en permette la lecture ultime.

Circonférences

Halifax, Nouvelle-Écosse.

Ada, tu mâchouilles une tartine et une miette de pain collée de confiture taquine ta lèvre luisante de beurre.

Accoudée, les doigts en éventail sous la coupe jaune et blanche d'un bol cannelé, duvet de crème sucrée, une mousse de lait sur le bout du nez. Échevelée et joli cœur, lunatique en nuisette à peine levée, tu te débarbouilles d'une serviette de hasard, que tu laisses blanche et froissée sur la table, bois de noyer coché d'entailles, doré au point du jour.

Un déhanché en chaussons jusqu'à la bouilloire sifflante pour préparer le thé vert que tu boiras sur la terrasse, héliotrope au-dessus de la rue tranquille, quartier nouveau monde de façades colorées, enroulé de bleu.

Une cigarette vaporeuse contre les pages écornées d'un grimoire sorti d'une malle, grain de brume ébloui du matin, pan de nuit éclot d'air frais, phosphore de spores flottantes mêlées au bouquet de l'aube.

Une rosée d'humus et de tilleul relevée par le vent marin avant l'ébullition du plomb.

Une toilette de jasmin après la douche, cheveux mouillés au chant du merle, atours et pistils de fine couture et d'étoffe légère, les pas feutrés d'un chat cameriste.

Lac Wiyasakami, Québec.

Assise sur le perron en compagnie d'un vieux hibou, écorce de bouleau, bouffées chaudes de sauge et de foin odorant.

Grand-père chantonne pour Ada, une voix de gorge adressée au charisme de son vagin, homme-médecine de la nation crie, initié à cet art après l'exode par sa mère adoptive.

Érudit en toutes matières, enjôleur de fées, connaissant comme personne le ventre des femmes, expert en ensorcellements et lunaisons propices, fin limier de l'âme, avertis et habile à deviner les stratagèmes de la gente machiavélique.

Celui à qui on ne la fait pas, commandeur de la légion des louves, homme à poigne, législateur impartial, il règne et rend justice sous un orme en maître des chants du crépuscule.

Ada Nì Daghdha, tu te sens toute chose, il serre ton poignet.

Courtisane, il soulève ton bras et tend ton index, puis il te fait dessiner un cercle.

Nixkamich fait un tour de passe-passe.

Ada ouvre la bouche et fait des bulles.

Elles s'éparpillent, bavardent comme des pies.

Oh là, c'est un secret, un secret de fille !

Des bulles, des bulles, tu ne peux plus t'arrêter !

Les plus légères tourbillonnent, s'accrochent aux branches ou montent en l'air, d'autres roulent et rebondissent par terre.

Que fait-il à ton poignet ? Il appuie sur le bouton « fabrication de bulles ». C'est quoi ces bulles ? De la nacre et du pétale, tu veux l'épater.

Des bulles ravageuses et excentriques pour le faire trembler et chavirer, les hordes d'Attila, de quoi mettre un vieux cheval à l'agonie.

Quelle inconséquence !

Pouliche, tu te cabres.

Voulait-il que je fasse des bulles de savon ?
Il relâche son étreinte, sourit et te tend un panier de pommes.
- Tiens chaton, celles-ci sont délicieuses.

Aux premières lueurs, Ada émerge d'un hamac accroché à la balustrade.
Il y a un canoë sur la rive.
Etchemin est déjà levé, occupé à des préparatifs scrupuleux.

Ils glissent sur l'eau morte.
Sous le chrome, les bancs de poissons froids.
Les pagaies s'arrêtent et ruissellent, goutte-à-goutte, le silence blanc quand l'esquif se fige.
Balancement, il y a du sang chaud, short court, jambes nues, à genoux dans le canot d'écorce, l'œil est mobile sur l'épine dorsale.
Elle se met assise sur un sac pour une position plus confortable.
Glouglous et vaguelettes.
Les yeux plissés, ils accostent en fin d'après-midi à l'embouchure d'une rivière.
L'air se rafraîchit, elle met un pantalon et prend une couverture pour aller se reposer, un peu plus haut sur du sable sec et encore tiède.

La nuit est tombée, boutons roses, nez de noisette.
Nappés de lune, ils écoutent la rivière qui tintinnabule.
Et si on allumait un feu ?

Plus loin, haletante derrière Etchemin.
Entre le bouleau et le tremble, des rameaux veloutés sur un masque, l'or des ajours.

Arrêt feutré sur des aiguilles, l'œil inhumain ne les voit pas tapis dans l'ombre des pins, camouflés de bourgeons mentholés.

Sombre et silencieux dans un manteau d'effroi, il frôlait les meutes d'hiver.

Plus loin encore, vagues et confondus, on ne les distingue plus.

Baleines

Halifax, Nouvelle-Écosse.

Elle est revenue enveloppée de brumes, peau d'étoile sous un drap de nuit, répondant par l'ineffable à son agonie fiévreuse, par scintillements sur le bout de la langue, d'un souffle de mélisse à sa bouche qui salive et l'écoute.
Des phrases poudrées de cinabre et ponctuées de safran, ses lèvres qui remuent, le rouge, très rouge, le sang qui lui brouille la vue.
Entre eux, blanche et rose, la mort enclose et complice.
Dehors, le bleu marin. Ne s'entend plus, bientôt, que ce qui soupire et palpite.

Les jours passaient et des baleines s'échouaient. Ils évitaient les plages.

Elle s'isolait pour ne pas paraître étrange.

S'ensuivit une série d'évènements tragiques.
La presse relayait journellement les soubresauts de péripéties lointaines qui faisaient craindre aux plus experts les pires dénouements.
Il y avait de quoi être effaré.
Mais quand, interloqué, il abordait ces sujets, elle gardait le silence.
Elle lui opposait une indifférence glacée.

Il devait comprendre qu'il était inopportun d'exprimer de l'étonnement.

Ils savaient à quoi s'en tenir et ses feintes pour résister à l'inéluctable n'étaient que ratiocinations importées de sphères désuètes vouées à la désintégration, des ambitions révolues, des formules surannées qu'il avait l'indélicatesse de s'approprier et qu'il érigeait en barrage au danger imminent.

Elle lui reprochait sans doute de déjà regretter ce qui ne serait plus et ce réflexe encore tenace d'entretenir l'illusion pour reporter la douleur à plus tard. Elle qui savait ce qu'elle recèle de propice, qui lui donnait un autre nom, comme elle renomme toutes choses d'une langue rafraîchie d'écarts hors du commun et de jasmin, entêtante pendant des jours.

Ces rebuffades n'avaient plus de justification en sa présence édifiante.

Elle avait tracé un cercle qui n'autorisait pas de prises aux circonstances des marges, elles suivraient leur cours indépendamment de leur volonté.

Il n'y aurait plus de résistance ni de réaction mais une échappée belle sur cette circonférence qu'elle l'invitait à explorer par suggestions gracieuses, des airs et des mines qui lui laissaient entrevoir l'aubaine d'une destination sous la couronne d'une nuit australe.

- Mon doux, cela s'est-il vraiment passé ainsi ? Demande Ada.
- Mon amie, c'est le souvenir que j'en ai.
- Et pourquoi « la mort enclose et complice » ?
- Quand je t'enlace, ma peur s'efface.
- Hombre, j'aime beaucoup « écarts hors du commun ».
- Ada, j'étais conquis par ton nouveau visage.

Adana

Comté de Meath, Irlande.

S'il y avait eu dans ce bois quelqu'un pour la voir, un bûcheron et sa hache ou une vieille et son fagot, un souffle pour porter un regard, même une ombre louche, ce vivant l'aurait vue passant comme un orage, n'osant croire, confus d'idées précises et heurté de bourrasques, à la chair de cette marcheuse diaphane qui effleurait à peine les mousses.

Aphrodite venteuse, secouant les branches, elle cherche querelle aux écureuils.

Elle cogne un tronc lisse et enjambe ses racines, elle s'écorche pour franchir une roche, chasseuse, son sang bourdonne sous un ciel noir.

Elle se blesse aux fourrés, l'émeraude qui la pique et la griffe, elle traverse le sous-bois et s'enfonce dans les futaies, elle ne s'épargne pas les brûlures, laissant son odeur à celui qui renifle l'écorce et l'épine.

Un loup gris et farouche, elle le garde à ses trousses et lui garde la distance.

À l'aube, elle rôdait encore, les yeux cernés de khôl.

Université de Tara, Irlande.

L'aube au pas de course d'un matin qui claironne, les portes claquent, on siffle et on s'appelle, escaliers dévalés pour descendre dans le hall, en bas on se bouscule, on chahute, on attend devant la porte du réfectoire.

Il sera servi du lait chaud, du thé et du café, des tartines, du beurre et de la confiture, des œufs au plat, un boudin frit spartiate et impossible.

Un bon gros soleil, étonné de la voir encore couchée et pas encore habillée, elle a oublié de tirer le rideau.

Il chauffe ses pieds qui dépassent du drap défait, elle se met sur le ventre, la tête sous l'oreiller.

La cloche sonne, quelle heure est-il ? Huit heures. Il faut se lever.

Elle ferme la porte de la chambre et descend entre les pages qui se rangent, jupe voletant et broderies polonaises, sous le taffetas un vaisseau qui balance, la cuisse nue quand le lilas se relève, l'étoffe que le mouvement soulève, une volée de marches qu'elle enjambe de pointes et ses rebonds que des œillades picotent, berceuse étourdie, elle frôle le bord qui chavire.

Hé, cette houle, c'est Ada ! Ada Nì Daghda.

Elle disparaît dans un corridor, chaloupe entre les murs qui tanguent.

Au bout d'une allée, un jardin de curé. Un muret fait rempart au sud et à l'ouest. Fermé à l'est par l'enceinte du couvent, au nord par une façade palladienne.

C'est ici que logent les fanés, les chansonniers de l'extase, car il en arrive tous les ans, d'anciens élèves, échoués, béats, récitant des psaumes scandés de mélodies qui rappellent étrangement les chants de pâturage des bergères scandinaves.

Chaque année au printemps, on découvre un ménestrel égaré, diplômé de la dernière promotion, parti chercher famine à la fin de l'été et revenu de l'hiver. Un barbu hirsute dans la paille d'un troupeau, couvert de laine, le cantique aux lèvres, souriant au ciel, aux bêtes, au tout-venant, l'œil abîmé dans le mystère. Un drôle dont le pâtre ne sait que faire, mais docile, se laissant mener, qu'on fait boire et manger le temps que quelqu'un vienne le chercher.

Depuis trois décennies, sans qu'on puisse se l'expliquer, ils apparaissent au mois de l'agnelage, revenus de l'abîme et simples d'esprit.

L'université hébergea le premier, puis les autres. Tous pupilles de la nation, fils des anges et sans famille.

Les inquiets soupçonnaient une pathologie. On fit venir des médecins, on convoqua des spécialistes.

Aucun ne se montra capable d'établir un diagnostic.

Déconcertés, les savants et leurs carabins renoncèrent à perdre leur latin.

Il n'en vint plus, le cas était devenu notoire, la sainteté, c'était l'affaire des théologiens.

Quand il fallut loger toute une chorale, on s'organisa.

Le bâtiment de l'administration était vacant depuis que le Conseil des Doyens avait décidé de se débarrasser de la paperasserie encombrante et des tracas comptables. Il fut réformé et chacun mit la main à la pâte afin de transformer l'immeuble austère en asile agréable.

Fort heureusement, les pensionnaires retrouvaient l'esprit par intermittences, le temps entre deux crachins, de faire une toilette, de prendre un repas et de participer aux tâches communautaires.

Des intervalles de présence qu'ils occupèrent aussi au jardinage sur le lopin attenant au bâtiment, tant et si bien qu'une flore luxuriante prospéra dans des proportions exubérantes.

À force de soins et d'attentions, la pelouse miteuse était devenue un jardin délicieux orné de senteurs et d'espèces rares.

On vint le voir par curiosité, puis on prit l'habitude de s'y promener.

Ces allées et venues ne semblaient pas déranger la troupe incandescente qui vivait là. Au repos ou à l'ouvrage, ils chantaient leur joie au vent et à ceux qui pouvaient l'entendre. Quelle que soit l'heure de la journée, le clos charmant vibrait de leurs vocalises.

Le visiteur saisi par ces airs singuliers déambulait troublé d'absences, le pas incertain, ou bien restait planté dans le terreau, tendant l'oreille, le menton pendu à une branche.

Les professeurs s'intriguèrent.

Ces chants étaient édifiants et d'une beauté incomparable.

Pourtant personne ne les avait encore jamais entendus. C'était une énigme. On envisagea des thèses, les experts affluèrent pour jauger l'affaire.

Le cas méritait que l'on s'y intéressât.

Les étudiants furent mis à contribution pour constituer des corpus. Pendant tout un été, ils arpentèrent les allées, carnet de notes et microphone en main, trébuchant sur les plates-bandes, dérangeant les fourrés ou piétinant la guimauve pour glaner une syllabe, longeant les haies de fuchsia en butant au détour des taillis sur les mélomanes qui succombaient aux neumes couchés au milieu des plantes.

Les enregistrements furent analysés, les notes compilées, mais rien de pertinent ne fut décelé, aucun élément discret qu'on pût identifier et qui permît d'expliquer le caractère extraordinaire de ces prouesses mélodiques. Après deux années d'efforts infructueux, les scientifiques abandonnèrent le terrain aux trouvères, laissant le lieu paisible et plus propice aux jeux poétiques.

Les beaux jours, on prend l'air dans le fouillis des fleurs et des plantes officinales, on rencontre les fronts studieux, on admire le visage des muses qui goûtent et boivent le thé autour des tables, on pose des rimes sur la bouche candide d'une vénus callipyge.

Ada pousse le portillon de bois et avance entre les bosquets aromatiques. Elle entend le chœur content des chantres et l'allégresse de l'office.

Elle entend les gorges, les ventres et l'abysse, l'appel et les sonnailles, le bruit que font les bêtes, toute la kyrielle de ce qui résonne dans l'aven.

Sous la charmille, les chants la transportent.

Paresseuse, elle oscille dans les coussins, sur l'épaule des porteurs qui emmènent le palanquin.

Elle écarte, indolente, la gaze qui pend, le chemin est étroit derrière le pas lent des buffles.

L'équipage presse le bétail au fossé.

Il emporte, zélé, un songe vers un palais d'été.

Ceux qui reviennent des champs s'écartent et saluent le mirage.

L'ombre s'allonge, l'air est parfumé.

Elle voudrait s'arrêter, le ciel est si loin.

Mettre pied à terre et marcher.

Derrière la haie de lauriers, l'eau frémit, les hôtes attablés l'attendent pour le thé.

Fado

Bellème, comté du Perche.

Ils déjeunaient sur une nappe posée dans l'herbe.
Laura scrutait l'en-tête des jours et devinait l'oracle, l'augure rubis d'un grenache, un présage dans le cristal qui l'enlevait au charabia qui ment, à l'anxiété confuse, l'effort lancinant qui lui tordait le ventre.
L'ivresse accomplissait ce que la volonté refuse, le breuvage tannique, un vertige, menait l'or du fleuve jusqu'à l'eau saphir.
À présent, elle s'endort sur sa poitrine, l'homme, l'homme sous sa joue, elle s'étale et s'enroule sur la rive, lentement, elle verse son chagrin dans l'océan.
Avant l'île aux fleurs et l'isthme des sphères, un regret et un perroquet dans une salle de restaurant, le fumet du poisson grillé, une escale d'étroites ruelles, le bleu, le bleu, le bleu, doux et triste, doux et triste, doux et triste.
Si lent, si lent, si lent, silencieux et tragique, laisse assises les femmes en noir. Si souvent, ce qui s'en va ne revient pas.
L'athanor, ce ventre froid, dévore le jour en frémissant.
D'un fil de laine, elles maillent leurs filets et jettent un sort face au couchant.

Le jaguar

Bellème, comté du Perche.

Chut. Pyramide et jungle épaisse, boutons sur les jambes et sur les fesses, gare, gare au jaguar.

Un quetzal pour vivifier son art, cette part de lumière qu'il exige et un soupçon pour garder l'œil ouvert.
Le doute en bagage et des heures de questions déçues.
Quelque chose qui se trame, qu'elle repère à son feulement, l'inéluctable de gré ou de force, de gré vaudrait mieux, à condition d'être vigilante.
Qu'est-ce donc ? Un bruissement dans l'infrason, ça vous briserait la nuque, indolore quand on se laisse glisser.
Quelque chose pourrait arriver, réellement, absolument imprévisible, de toute beauté, hallucinant, au-delà de toute prudence, l'inconnu, total, sacrilège parce qu'il mettrait en miettes le décor patiemment élaboré et savamment conservé, de mémoire et depuis des temps antédiluviens.
On vous aura prévenu et, de grâce, refermez la porte derrière vous.

Rien ne vit dans l'attendu.

L'eau

Laura regarde le soir qui s'affale, couleurs chiffonnées, serviette et bikini, ponton et clapotis, taille très fine, hanches très rondes, encore un plongeon et une glissade dans l'eau fraîche, des baigneurs et des baigneuses rejoignent la rive du lac.

Le lendemain, le ciel est piquant et l'ombre ne suffit pas. Tout succombe à l'hypnose de midi, aveugle dans le jour sans failles.

La faux a laissé l'andain et des fleurs fanées, un pré qui sèche, la peau s'énerve à cause de la chaleur et des insectes pointus.

L'atelier est vide et les tubes de gouache bien refermés.

Laura n'est pas là, ni dans la maison silencieuse.

Elle est partie à bicyclette, le chien trottait derrière.

Le corps des autres à la rivière, dans une vasque profonde à l'écart des heures hargneuses, ils se montrent presque nus, propres d'une eau claire, révélés sur de gros cailloux ronds, voluptueux et contents, cajoleurs dans le bain froid.

Ils sont beaux et sentent bon, elle les trouve physiques et charismatiques, leurs déplacements et leurs postures disent tant de choses.

Elle, que dit-elle ? Que peut-elle dire qui ne soit évident ?

Sous l'eau ce sont des poissons, qui touchent et qui regardent, au-dessus, en muscles et dorés, bien dessinés.

Elle s'accoude à la pierre, portée, la joue sur le poignet.

Un instant d'une éloquence objective et impersonnelle, pas de la chair flou mais de l'os gravé, l'os du crâne, dur comme le cristal, au diapason avec une intention ferme transmise par la colonne vertébrale. Plus concrète qu'une idée, mais rien de sentimental, une résolution qui ne flanche pas et qui s'impose de l'extérieur, inscrite dans la matière, inorganique et supérieure, fatale à la volonté, la seule résistance qui puisse l'assurer qu'en deçà de la rêverie tout est bien réel.

Difficile de comprendre ce dont il s'agit, c'est elle qui se sent comprise, de plus en plus calme et silencieuse, elle discerne ses propres contours, elle refroidit, déterminée sous le point de fusion, elle épouse une gangue de paysages en creux, le temps de se connaître avant de redevenir fluide et de s'écouler, mobile, par une fissure dans l'argile.

En soirée, un orage opportun, il a plu sur les bêtes assommées, le foin a-t-il pu être rentré ?

Quelle course, il a fallu fermer les fenêtres !

Le vent a soufflé et les nuages sont passés.

Il fait nuit, café noir et pupille dilatée, la tête renversée sur le dossier en osier, elle respire le bon air, elle voit si loin dans le ciel ouvert.

Les années-lumière tombent en grains noctambules, saupoudrées au fond de l'œil sur des cônes et des bâtonnets.

Chien-Chien soupire, c'est un moustique qui le dérange.

Quelques battements de cils avant d'aller dormir.

Les trompes et les cordes de Pan tremblent tandis qu'elle soulève le talon, penchée sur Narcisse qui vacille. Quand elle se penche plus encore, on n'entend plus rien, ni le crin, ni la corne, l'alarme est passée, c'est une couleuvre qui ondule. La manche ouverte, elle trempe mollement la main, son front sincère est souverain.

Dehors l'averse, un chien mouillé à l'affût dans un fourré, gouttes lourdes sur le verre tambourin.

Laura s'applique sur une toile tendue, la hauteur et la largeur d'un buste, à l'échelle de la question qui se pose, grandeur nature.

Que se passe-t-il vraiment ?

En regard, l'astuce et les artifices de l'huile, l'entame du blanc par les pigments.

Que se passe-t-il vraiment ?

Les aplats et les empâtements au couteau, les touches de couleurs incidentes découvrent une issue, des pleins unis et béants qui composent un portrait singulier.

La pivoine et l'ancolie, tressées sur le front d'Ophélie.

Loin du résultat escompté, la dimension d'une transparence, une trappe imprévue, un danger à la mesure de ses espérances.

Elle écoute la pluie battante, l'eau courre dans la gouttière et les rigoles. Tout est si réel et présent tandis que le ciel doux descend, çà et là des brumes rêveuses forment un cocon lucide dans le mauvais temps.

Tout est plein de l'esprit, l'égaré retrouve son semblable et la quiétude d'un monde familier.

Symptôme

Université de Gaspésie, Halifax, Nouvelle-Écosse.

L'anomalie est perceptible si l'on y prête attention avec circonspection.

Arrêté en retenant son souffle, aux aguets et conscient du défilement régulier qui se dérobe, renouvelé d'une seconde à l'autre, par syncopes, mais modifié à chaque intermittence d'un ajout ou d'un retranchement, selon les doutes et les hésitations qui précèdent la décision du libre arbitre.

Un détail a perturbé l'ensemble, une variation ténue qui n'est pas anodine. Une quantité que j'avais négligée jusqu'alors, un chiffre après une virgule faisait obstacle aux péripéties algébriques d'un scénario bien combiné.

Je ne pouvais plus ignorer les grosses ficelles qui pendaient lamentablement au-dessus du décor aux finitions soignées et je devais me résoudre à ne plus être.

Les objets patients, attendent immobiles.

Nulle-part

Quartier Nouveau-Monde, Halifax, Nouvelle-Écosse.

Je sais que je suis sujet à des manquements, ce que j'appelle « être » est lacunaire et donc insuffisant.

J'existe incomplet et je me reconnais toutes les qualités de la fantaisie et de l'imaginaire auxquelles j'oppose les vertus d'un réel indéterminé que je conçois comme un achèvement des solutions.

Souvent contredit par les métamorphoses, je constate tout de même un progrès qui m'encourage, et même accablé de doutes, je ne peux pas me soustraire à l'ambition qui surpasse toutes mes velléités.

Une injonction en sourdine me déborde depuis que j'ai quitté le jardin des bienheureux, j'avance tendu entre l'aérien et la pesanteur, d'un ressort qui me pousse à l'aventure et qui m'extrait de l'ennui quand, surpris, je réalise que je passe là où je ne suis encore jamais passé.

J'exige un chaudron d'or sous l'arc-en-ciel, je suis insatisfait.

Ma destination s'évapore quand je crois m'approcher, n'ayant pas d'extrémités, je n'ai pas non plus de centre.

Alors inlassablement, en me fiant aux indications d'un vague souvenir, je tente l'impossible, n'ayant rien d'autre à faire.

Je persiste, car il se dit aussi qu'il y a un passage, un lieu de quantités subtiles, un paradoxe où aboutit parfois l'existant, de manière si mystérieuse, imprévisible et inexplicable que les stoïques, préférant appeler un chat « un chat », le désignent par l'expression : non-lieu de hasards précis.

Ada, quand rentres-tu ?

Chère Ada,
Je suis intelligent quand j'ai du plaisir, je sais que j'en suis capable et je repense à ces journées pleines de promesses.

L'inaccompli m'afflige, funambule avec quelques morceaux de sucre en poche, j'étais si proche, j'osais à peine lever les yeux et je songe encore à ce que j'ai pu entrevoir.

Ada, est-ce toi ou un bouquet de serpolet ?

J'écoute les babils et le conseil des becs, par petits bouts sages, rendu à l'évidence que je suis à nouveau mortel.

Las ! Je n'ai plus mon mot à dire, je marmonne et renâcle à la peine, je prends mon mal en patience, réduit au silence, je m'affine de géométries luxueuses.

Je sais qu'un vœu sincère favorise mon projet, car tout obéit à mon désir.

Trésor,
Patiente et n'oublie pas de donner à manger au chat.
Miss you. Ada.

Le lac noir

Mweelrea Mountains, Irlande.

Une distraction momentanée l'avait menée jusque-là, une absence certainement due à la fatigue.
Elle marchait depuis des jours, dormant peu sous des abris précaires.
Perplexe, elle considérait cette bizarrerie avec méfiance.
Quel périlleux coup du sort l'avait mise dans cet état ?
Par quelle inconstance ?!
Plus tard, un gamin ébouriffé cherchait dans le trèfle son bouton de culotte.
Plus tard encore, une tenture lourde joliment brodée.

Passant sur ses berges, que vois-tu dans ce lac noir ?
Ada si calme et si belle.
Elle captive l'herbe folle, ce qui bouge dans l'eau fidèle.
Le troupeau qui boit et les bêtes sauvages, l'homme qui s'assoit et les nuages, tout ce qui vient et tout ce qui va dans ses parages.

Tara, Irlande.

Au pub, on lui dit qu'ici ça n'étonne personne ces choses-là.

L'air mystérieux et modeste, on boit quelques lampées de bière.

L'un d'eux ajoute que c'est une recette locale, des breuvages amers et des chants secrets et que si vous n'êtes pas trop bouché, clin d'œil, ça vous perturbe de fond en comble.

Le docteur O'Reilly, qui en connaît un bout dans le domaine, dit que c'est en rapport avec les éthyles... ou les méthyles.

Il faudrait lui poser la question pour avoir plus de précisions.

Vous êtes musicienne ? La musique, ça on connaît.

En ville, le brouillard s'accroche aux lanternes, halos en pléiades, la tourbe couve un feu fervent, on danse de pas célestes et on s'exclame de consonnes spirantes.

Les méthyles, oui tu m'en avais déjà parlé.

Méthylation des cytosines ou des protéines histones liées à l'ADN ?

Pas de longues explications au téléphone, s'il te plaît.

Je suis un peu saoule... aussi.

Oui, j'étais au pub avec des sylphes.

Tu as fait paraître pas mal d'articles sur le sujet, des résultats probants à Halifax. Je suis une mutante alors ? On est tous des mutants plus ou moins ?

Mais moi je sens que je décroche, à ce train-là je vais me transformer en légume ou en fleur.

Oui, la baie du fuchsia serait un des ingrédients de la préparation, le bois de sycomore aussi.

L'arbre sacré des Égyptiens ? Oui, c'est une jolie fleur.

Écris-moi, je déteste le téléphone.

On y voit plus, mais on entend quelques clarines.

Ada, cette nuit, c'est ton visage.

Quel désordre !

Elle ne retrouve plus ses chatons et le cahier qu'elle avait posé là.

Le tiroir ? Ne l'avait-elle pas fermé à clef ?

Cette chambre bohémienne, n'est-ce pas celle d'un farfadet ?

Il faudra être inflexible avec ce trublion.

Elle tirera cela au clair quand elle n'aura plus mal à la tête.

Bonjour Sean. Sean ? Pourriez-vous me remplacer ce matin ?

Oui, le cours de piano. Non, je ne me sens pas très bien. Merci, merci, mais j'ai simplement besoin de repos.

Il manquait dans son reliquaire un maléfice de jade, un bracelet auquel elle tenait beaucoup, un talisman qu'elle emmenait partout.

Qu'en avait-elle fait ?

Elle aimait porter cette petite merveille d'un ouvrage délicat pour se garder des importuns sorciers les jours où elle se sentait fragile et livrée à la mélancolie.

Le portait-elle, confuse, pendant son escapade ?

L'avait-elle perdu en ces jours oublieux ?

Ou jeté dans un trou ?

À son retour, elle ne portait que le bracelet de laine tressé par Etchemin.

Elle avait laissé en présent les charmes des heures moroses aux petites sœurs tristes qui lui avaient tenu compagnie près des roseaux et des grenouilles chagrines.

Il ne restait à son poignet qu'un sortilège humble et doux.

Un mâle étourneau giflé par la bruine tente un pioupiou gracile, mais des nuages joufflus imposent le silence en soufflant des rafales burlesques tandis que d'autres, hilares, rayonnent la bouche ouverte.

Elle ébouillante de la verveine dans une porcelaine de chine, puis elle ajoute quelques gouttes d'élixir d'un fond de flacon où macère un pied de griffon.

Elle pense à ce que lui disait Etchemin.

D'autres rêveurs arrivent, ils marchent et leurs sandales ne soulèvent pas de poussière. Ils marchent et rien ne tremble, ils marchent à l'allure d'un songe, ils marchent et vivent, mais qui se soucie de son ombre ?

Ils s'annoncent en toutes langues, en mots sonores et anciens.

Qui peut les entendre ?

Les évanouis, aux instants d'écroulement, ont l'ouïe fine de l'ignorant.

Ils entendent alors l'inscrit qui subsiste, scellé de tout temps.

Dehors, des trilles et des colonnes dorées.

Le cheveu noir en jupe bleu, est-ce Ada qui grimpe au talus ?

À ses narines, l'éclat inouï des bribes que ruminent les daims silencieux. Depuis des heures, des chuchotements d'étamines, l'air est plein des messages d'un philtre capiteux, de ce que murmure une île à sa jument.

Le bal

Bellême, comté du Perche.

Un bal au moulin !
Chien-Chien est là, Laura arrive sur le chemin.
La carriole est dételée, les juments sont au pré, les musiciens sont installés.
Que la musique commence !
Une farandole de lampions illumine les dames en jupons, les messieurs dansent en chemise, main sur la hanche, une gavotte au flageolet et au tambourin.
Splich, splach, on a remis la roue en état.
On se sert au fût des verres de vin, on découpe et on tranche, on surveille sur la braise, on boit et on mange, on dîne à la chandelle.
Un qui titube tombe au ruisseau, on rigole et on le laisse tremper.
Au son de l'accordéon, on se prend par la taille et on tourne en rond.
Dans l'enclos, les enfants entourent un ânon.
Quel beau tournoiement ! On fête les moissons.
Un galant l'invite et l'entraîne, elle connaît l'air que joue le violon.
Si vite, elle qui n'a pas encore bu !
Tenue contre un cœur chaud, elle tourne dans des bras gaillards, les danseurs forment une ronde comme cela se fait depuis toujours.

Ici, on pratique un savoir occulte.

Ici, on convie les morts et chacun plaît à son âme au pas rythmé d'un secret ressort.

Au zénith, Deneb du Cygne. Plus bas au sud-est, Jupiter, très brillante. Des nuages opalescents, la lune presque pleine, orbe blanche, nuit d'argent.

Dans la salle du moulin, Laura expose ses tapis du Daghestan.

Plus tard, à l'écart sous un grand-duc, Chien-Chien s'endort sur du velours.

Ty Wan

À Carteret, Côte des Havres.

Laura est partie tôt ce matin.
Chien-Chien dans le coffre, petites routes jusqu'à l'océan. Le Ty Wan arrivera en fin de matinée. Un ketch hauturier, coque bleu marine.
Ada les a rejoints à Dingle, grand frais.
Elle voulait voir les baleines, mer d'Irlande au largue, whisky et café noir, mains calleuses et insomnies.
Mouillage à Tresco, très beau.
Escale à Guernesey dans une cabine téléphonique.
Le chien cherche des marmottes sur la dune.
Quelques nuages épars, très lumineux. Du phare, elle pourra les voir de loin. Pas de panneau d'affichage, juste deux voiles dans la vague. Elle a le temps, elle se baignera et mangera sur la plage.
Au port, accostage et amarrage.
Dans l'ordre et aux ordres.
Une double clé ? Attendez mademoiselle, je vais vous aider.
Laura est déjà sur le pont.
Les amarres ? Quelles amarres ?
Oh, les bras d'Ada !

Ada nue

Bellême, comté du Perche.

Elles se goûtent en silence, elles boivent de l'eau fraîche.
Dehors, près de l'érable champêtre, elles nettoient, sur la table, un panier de chanterelles.
- Laura, dis-moi ce que tu vois, demande Ada.
- Ada, Ada, plus belle que jamais, répond Laura.

Le lendemain.
Ne bouge plus, que je te croque.
J'y peindrai aussi la saison rousse et l'or qui te séduit.

Une lecture

Halifax, Nouvelle-Écosse.

Très chère Ada,
Capella du Cocher est levée.
Je reconnais Mirfak dans Persée et Algol.
Je m'interroge au sujet de ces étrangetés.
Il faut admettre que la nature est excentrique au-delà de ce que l'on peut imaginer.
Le mystère grandit.
Ma confusion aussi.

Mon cœur,
Je suis remise d'aplomb et je m'arrange de ces saisissements. Ce sont les choses auxquelles il faut s'attendre sur cette île. Je pars pour Bellème par le Sidh, peut-être se retrouvera-t-on là-bas ?
Algol, n'est-ce pas la tête de la méduse ?
Affectueusement. Ada.

Il m'est arrivé, hier soir, une chose singulière.

Je relisais un chapitre d'un de ces livres que j'aime feuilleter souvent.

J'en parcourais les pages pour y retrouver une idée qui m'avait plu, quand il m'apparut que son contenu ne m'était pas aussi familier qu'il aurait dû l'être.

Je veux dire que je n'avais plus vraiment le souvenir de l'avoir déjà lu.

Le texte me semblait d'un sens neuf et subtil, d'un propos enthousiasmant d'originalité et inédit.

Je soupçonne une énigme.

Il y était question, je crois, d'une parcelle de sauvagerie fragile, d'un lieu brillant et insoumis.

La syntaxe délicate sur les lignes réagissait comme un prisme sensible à mon humeur.

L'éveil

Bellème, comté du perche.

Je m'éveille, ébloui par la nappe blanche. Nous prenons le petit-déjeuner au soleil. Des pointes d'agrumes, une peau de lait et d'épices sous vos chemises, vos jambes nues sous la table.

J'écoute les pépiements et je me demande ce que contient cette porcelaine décorée de scènes et de paysages.

Où est le café ?

Est-ce du pain dans cette corbeille ?

Laura me tend le sucre proposé en gemmes dans un ouvrage d'orfèvre qui semble étrusque. Les compotes et les confitures ont l'air à peine comestibles tant leurs couleurs sont vives.

Quel nectar dans cette céramique sur laquelle les flammes ont imprimé l'émail de motifs qui m'intriguent ? Cette pâte crémeuse dans les pots cuits et tournés d'une façon antique ?

L'art du service et des matières dissimule des recettes nouvelles et rares auxquelles on veut bien m'initier.

Merci Laura, merci Ada, pour ces instants minutieux de sensations précises et inhabituelles.

J'ai pris un livre au hasard dans la bibliothèque et je suis monté dans la mansarde. J'y ai lu qu'ils sont encore quelques-uns à fuir dans les déserts, des gens d'Abel, capables de faire jaillir des sources de leur gorge.

Des pies jacassent, Chien-Chien aboie. Un hérisson en cavale.

Images

Bellême, comté du Perche.

À l'écurie, les sabots sont impatients. Ada et Laura sellent les appaloosas. Ils sont fringants, elles vérifient les sangles, le chien attend.

Au bout de l'allée, un hameau et un bois, puis la rivière, les collines et les marmottes, les pins sous les cimes enneigées, un ours qui cherche du miel, on franchit un gué dans l'eau glacée.

Après la grille, un galop en automne et l'envie de se perdre, là-bas, harassé sur le trajet sans pouvoir revenir. À la nuit tombée, s'arrêter pour dormir dans un vallon de bouleaux où elles se réchaufferont dans la laine, d'un sang encore battant.

La fenêtre est ouverte, j'entends le trot léger quand elles s'éloignent.

Je les imagine, l'image est belle.

Dehors, le friselis d'un tremble, puis le claquement des fers sur le bitume quand les chevaux traversent la route.

Que se passe-t-il, lorsqu'on est seul et silencieux ?

Elles l'épient en prenant des pauses devant le miroir.

Du bout des doigts, il cherche ses mots sur le clavecin et ne trouve que des notes hardies déchiffrées sur un papyrus, une proposition au-delà d'un fleuve qu'il n'ose pas formuler car il ne sait pas encore s'il y est vraiment résolu.

Où sont-elles ? Je vais dans l'atelier.
De l'huile sèche sur un chevalet.
Dans la rocaille, du mauve pour la bruyère et un chardon blanc. Plus haut, une chapelle en pierres sèches.
Des chamois sont passés et des pèlerins arrivent. En bas, sortant d'un bois, l'épaule chargée. Ce sont peut-être des charpentiers qui viennent changer une poutre ou rénover une rive.
Des roches qui s'imposent dans l'azur, percées d'ombres, ornées de bouquets, qui s'étagent en méplats où s'installent les sentinelles.
Il n'y a personne.
Dans un recoin, un étang étale son eau, entouré d'arbres et de pots.

J'entends un jappement.
Je les aperçois derrière le potager, elles portent des paniers.
Colchiques dans les prés, des pommes et des quetsches, elles reviennent du verger.
Elles me promettent des tartes sucrées et des bocaux dorés.
Le soir se teinte d'orange, un chant d'Ada, nous rentrons sous l'ardoise.

Dehors, Uranus en bélier.
Nous avons éteint la lumière pour écouter les cordes, elles ondulent noires dans le salon bleu, en plis laqués et en sillons où s'ajoute de l'ombre.
Un disque qui gondole en tournant, il faut tendre l'oreille pour relever le défi, instant inconnu, les frottis d'étoffes, les hanches de Laura assise à côté de moi.
La chair s'énerve sans savoir quoi faire.

Mon désir est intense quand Ada allume le chandelier.

Nous restons silencieux, immobiles et tendus, incertains dans la pénombre, sans comprendre ce que nous avons entendu.

Puis, la voix grave d'Ada, lourde d'images insaisissables et de pieds qui trébuchent, elle écarte des roseaux et nous montre quelque chose.

Il faut s'avancer pour distinguer un pâturage, il flotte sur les dunes comme un mirage.

Elles sont montées au bout du pré et ramassent des baies dans les ronces. Chien-Chien folâtre dans le regain plein d'abeilles.

Il s'arrête, éternue des sauterelles.

La cloche de l'église a sonné onze coups.

Là-bas, le verre vibre au soleil de scènes enluminées dans la résille des plombs.

Des personnages muets enseignent des prières ardentes, elles descendent jusqu'à la tombe et font lever les yeux sous les feuilles d'acanthe.

La pierre ne fait pas obstacle, les piles portent des passerelles, un gibier magique se promène près d'une source.

Sous les arcs, tout est semblable à notre âme.

On sort ébloui sous le porche, on cligne des yeux en traversant la place. Plus loin sur le chemin, on se souvient d'un feu de fagot, on regrette un bois merveilleux et une chaumière, il nous vient le goût et la saveur du pain de châtaigne qu'on trempait dans la soupe.

Le ciel se couvre, on sent quelques gouttes.

Elles redescendent, les chevaux attendent derrière la clôture.

Elles s'arrêtent et leur tendent des poignées de mûres.

Verbes

Université de Tara, comté de Meath, Irlande.

Il reste encore assez de jour pour écrire une ligne.
Une lumière lente qui s'apaise et s'endort contre les courbes, en nuages jaunes et granuleux qu'accroche la pointe d'une plume. Un jour faible retenu dans les lettres où il s'agglutine en formant des spirales limoneuses autour de noyaux sombres et inconnaissables.
L'encre sèche, il range son écritoire.

On chuchote en sortant des vêpres.
Le frère Shann, il est passé de vie à trépas.
L'armarius l'a trouvé sur les marches, dans le scriptorium.
Il y est encore.
On discute devant les portes.
A-t-il achevé son récit ?
Il faudrait en faire une lecture publique.
On consulte les bruits.
Certains supposent une floraison de flocons ou des pensées du bocage, d'autres affirment qu'il s'agit des vortex de coquilles complexes.
On en connaît une phrase : « Hors de l'obscur, le semblable au semblable ».
Affirmer cela, n'est-ce pas de l'orgueil ?
Ce sont les glyphes d'un muet.

Les chandelles brûlent, on ausculte les murs dans les cellules, il est tard, on n'épuisera pas le sujet.

La Grande Ourse et le Soleil

Lac Wiyasakami, Québec.

Quelque part sous l'étoile polaire, un endroit qu'elle connaît, là, touchée par l'autre, digital, il l'effleure.
Qu'y a-t-il sous la peau ?
Un lieu sûr dans les pas du silence.
Une nuit sans lune.
Ada noire. Il est dehors.
Elle l'appelle. Il l'enlace.
Qu'y a-t-il sous la peau ?
Il est dehors.
Ils rentrent, ils ne voient pas le chemin, ils se guident à la lueur de la lampe qu'ils ont laissé allumée.
Que se passe-t-il ?
Il ne dit rien de son naufrage. Il se noie, s'il ouvre la bouche.
Elle met la bouilloire sur le poêle, elle lui chante une berceuse, Ada mirabilia.

Au petit jour, thé vert et café sous l'appentis, cheveux ébouriffés, Ada en chaussettes de laine, un geai criard dans les grands pins, le plancher craque. Où est le miel de bleuet ?

Il fend du bois devant la cabane.
À midi, pas un nuage, des couleurs vives, l'éclatant incarnat d'un érable, il sent sa force et sa faim, quelque chose s'agite dans le sous-bois.

Où est Ada ?

Les transports de l'eau, l'air embaume la résine, Ada se baigne, coton blanc sur la rive.

Quand elle sort, hey, l'œil témoigne de sa beauté !

Dépêche-toi, Ada, enfile ta jupe et ta chemise, le canoë, c'est grand-père Etchemin qui arrive !

Le tapis volant

New-York, Etats-Unis.

Je te parle près de l'oreille, contre ta joue qui sourit, le coin de ma bouche au coin de ta bouche, mes mains sur tes hanches, à genoux sur le tapis. Au-dessus des murs, tu tisses sous une coupole, l'étoffe est douce comme un duvet.

Dehors, je souffle et je soulève tes mèches, je souffle mes mots sous le linteau.

Tu tisses et tu chantes, j'écoute et je file, je bats la chamade, c'est un charme de la peau, au-dessus de la ville, sur un tapis volant.

Pourquoi pas un tipi dans une clairière ? demande Ada.

Je réponds, c'est ainsi que je l'ai vu.

Je demande, Ada, que cherchais-tu dans cette rue de Prague ?

Je cherchais celui qui récite un livre, répond Ada.

Ce ciel, c'est du silex. Il tombe des cailloux.

Approche-toi souffleur, approche ta bouche, allonge-toi dans ces coussins, le ciel crépite et se fend, nous écouterons les gouttes et la pierre qui se brise.

Approche-toi et serre-moi, la terre tremble et s'ouvre, ce sont partout des feux follets et des buissons qui s'enflamment, des torrents et des cascades, des coulées de brume, des courses sauvages dans les éboulis et des pans qui s'écroulent.

Ada, sur cette colline, mon cœur est un marteau.

Cette tempête, ce fracas, c'est le choc des cornes et des sabots.

Dans l'herbe, ce sont des fronts et des flèches, je m'approche et je me penche pour mordre sous tes boucles.

Souffleur, mon tapis s'envole, sois vif et prends ce que je donne.

Ada bouche rose, syllabes sur la langue.

Le tambour

Université de Tara, comté de Meath, Irlande.

Elle croise les jambes sous la table, du santal et du jasmin, sa cheville visible par-dessus les pages, les mots qu'on ne lit plus, les grammaires expirent à la virgule, les lèvres se posent et embrassent le joli pied, les lettres s'égarent sur un livre d'images.
On se lève pour ne pas rester assis, on chuchote à une table.
Cette phrase et ce parfum, c'est Ada, Ada Nì Daghda !

À laudes, l'étoile du matin.
Elle va au jardin, ils sont là les sublimes, ils chantent les psaumes traduits d'un rabbin, entendus d'une sibylle en vers italiens.

>À la croisée des chemins,
>Chemin noir et chemin rouge pour chacun.
>Vois, c'est l'arbre de vie !
>Tu avances et il grandit.
>Les jours et les nuits,
>Les saisons dans une prairie.
>Courage! L'arbre grandit.

Puis, les consonnes s'épuisent, les ventres sonnent, les mots ne disent plus ce qu'ils disent.
Qu'entend-elle? Un tambour.

Ada la blanche, un brouillard mobile que perce un troupeau, le ciel se déplace.

Elle s'éloigne mais les entend encore, un bleu de pastel, l'orient radieux sèche la laine humide, ce qu'elle connaît s'évapore, les moutons s'éparpillent.

Elle s'attache à un fil.

Regardez, c'est Ada, lèvres rouges!

Sur les branches, ils gazouillent.

Sur les bancs, des bouffées de tabac.

Un vol de bernaches, ce ciel c'est du cristal.

Après la cloche, les allées se vident, l'or et le cuivre flamboient, un jardinier balaye en faisant des tas.

Par les fenêtres des salles, des crincrins, des couacs et des gammes de chats.

Les bogues des châtaignes craquent sous les pas, hogoog, hogoog, hogoog, ce sont encore les oies, elles passent au-dessus des toits.

Elle ne se fie pas aux couloirs crédules, les éventualités sont au réduit derrière les portes, bruyantes et sourdes aux coups de massue qui lézardent les murs.

Ce sont des notes volées qu'on ajoute aux chants des vainqueurs, des glorioles tant qu'on peut pour étourdir l'ennemi et des outrances sonores pour ne pas entendre son chant de mort.

Des couloirs pleins de fantômes, surpris de la voir à cette heure, désœuvrés, faisant les cent pas en attendant ceux qui les ont laissés là.

Elle monte dans sa chambre.

Où a-t-elle mis sa flûte?

Des insectes font des ombres.

Sur la gouttière, un bec habile, l'aile rousse des graines de pomme de pin. Qui frappe à la porte? Quel drôle de sire ? Elle ne répond pas.

Elle ouvre la fenêtre et fume une cigarette.

Cette sensation, c'est une alouette.

Ada sur le rebord, ce sont des signes et des plumes, le soleil et le ciel clair, le beau galbe des volutes, un élan, le jour superbe irisé dans le verre. L'air est transparent.

L'ermitage

Mweelrea Mountains, Irlande.

L'azur et le jaune pâle, ce vent, c'est Ada, Ada Nì Daghda.
Sous la crête, une falaise d'écailles et de coquillages.
Avant les hêtres, près du chêne et des pins, une enceinte de lances, flèches feuilletées d'or.
Plus loin, après les hêtres, des arêtes effilées, il lui est permis de passer en silence par le chas d'une aiguille.
Plus tard, un couchant lavande, un ciel presque éteint.
Le relief se creuse de défilés sombres. Les ravins sont des tombes d'eau pure et de cailloux où descendent les sources qu'on atteint par des raidillons de fées et d'enfants follets. Ces chemins de mules et de corvées dont on connaît les histoires pleines des choses qu'on nomme une fois près de l'âtre en jetant du sel sur le feu.

Saman

Bellême, comté du Perche.

Ces jours ne sont pas des jours et ces nuits ne sont pas des nuits, ce sont des portes pour les oiseaux.
Les battements sous la peau, ce sont des couleurs et des ailes qui s'échappent.
Hors des fronts qu'assomment les becs, tu es danseuse sous un lustre, altière en appui sur des pointes de graphite et des paumes que tu épouses. Ce sont les pas de la mort douce et le son des rhombes, ce jour n'est pas un jour, cette nuit est un royaume lointain.
Ses longs cheveux noirs au pinceau glacé, une rosée froide en diadème et des veines turquoises, deux globes blancs lacés sous un col ouvert et cintrés de bleus sombres, elle est assise à une table de bois poli servie d'os, elle boit, la coupe aux lèvres d'un crâne plein de latex.
Laura, cette nuit, c'est le ciel sur ta tête.
Que fait Ada ?
Laura sous la couverture, ce n'est pas encore assez de ténèbres.
Elle est là, son amie chère, dans l'obscur aveugle d'une orbite creuse, dépouillée de ce qui n'est pas dense, lourde comme un astre, elle tourne lentement et l'attire.
Cette nuit, ce bourdonnement, ce n'est pas encore assez de silence.

Le sommeil la saisit, elle s'endort et se livre, elle flotte sous un soleil, dans un jour d'images nimbées de lumière.

Quand tu te réveilleras, n'oublie pas, n'oublie pas.

Un grelot de coque et d'amande, une vieille porte qui claque, elle ramasse du bois dans la remise.

Elle frissonne, grains d'or sur ses joues roses, Borée sous sa chemise.

Ce vent frais, elle ne peut plus se retenir, elle lâche ses bûches et se met à courir.

Quand elle rentre, le sourcil soucieux d'un chien dans un fauteuil.

Il serait peut-être plus sage de s'installer sur le tapis.

Un feu craque et les réchauffe, Chien-Chien somnole, elle dessine à l'encre des lettres dont la matière s'exprime d'un cube dans sa bouche, d'un berlingot qui salive d'accents secrets entre la langue et le palais.

Elle a le temps encore, rien ne la presse, elle ne se soumet pas à l'idée qui s'impose, elle pénètre plus avant l'arcane en retenant son souffle, puis, l'œil vague, elle expire ce que sa main délie.

Dehors, les branches nues, les voies plurielles des arborescences.

Les feuilles sèchent et la terre se repose, ce vent, c'est un arc qui se tend. Dehors, l'unique mouvement de lignes souples, les buissons s'agitent, le ciel se déplace.

Elle marche sous un ciel gris, Chien-Chien zigzague et renifle les bouleaux, elle a laissé un pot sur la braise, un bouillon d'herbes et de pulpes.

Elle est au cœur de la forêt, elle puisera l'eau d'une source dans un bidon de lait.

Au carrefour, une cabane.

Une vieille tresse l'osier d'un berceau.
Elle salue et lui donne de son eau.
Plus loin, l'orée du pré, le sourire des appaloosas.

Elle est sortie sous le saule et creuse un trou. Elle plie le papier, elle dépose le billet et l'enterre.

Cæruléum

Dans l'atelier.

L'apparat d'une concubine, une volupté, appuyée contre un mur, inachevée.
Une tentative vermeille, une écarlate comme l'assaut d'un harpon, laissant des lacunes d'esquisses et de lin écru.
Assise la tête renversée, le bleu opaque, une pâte intense, une paix de faïence, réfléchit la lumière sur le verre.
Laura, un marbre lourd qui respire.
Promise en poudré blanc, tu attends l'heure d'un rayon sous une blouse qui s'écaille.

Excursion boréale

Cœur noir, leçon de choses, apprendre à mourir.
Je suis… sur l'os sacré.
Un promontoire, une lave écume et roule un noyau de fer.
Je suis le boiteux.
L'incandescent, j'enchante et j'attise un feu.

Cœur blanc, leçon de choses, le risque de se perdre.
Je suis… l'absent.
Dans un cercle, le blizzard, la banquise.
Je suis le chasseur.
L'évanescent, je traque l'insoupçonné.

Halifax, Nouvelle-Écosse.

La première neige, des flocons calmes, le ciel se dépose.
Je suis distrait, des pages d'hébétements compliqués, attachés par des connecteurs.
Je me désempare, je m'accroche aux exemples qui contredisent la syntaxe et je profite de la confusion pour extraire du désordre le charme d'une hypothèse, une question, un billet que je laisse sur une table.
Au hasard de ce déchiffrement, ma lecture ne produit plus qu'un bruit diffus, j'articule ma pensée aux suites d'une phonétique sous-jacente mais remarquable par ces intonations étrangères.

Je poursuis et je traduis sans respect pour l'auteur, j'abuse du talent de ma mémoire polyglotte, les yeux rivés à la fenêtre.

Je paresse.

Ada, je lis sur tes lèvres.

Que faisais-tu ? demande Ada.
Je t'attendais.
Mais moi… je te cherchais partout.

Aujourd'hui, c'est à douter de tout.

J'expire, je meurs d'ennui par arrêt du récit.

Je contourne l'inconsistant, par habitude, et m'oblige à passer par des portes impalpables.

Tes yeux, Ada minérale, ce sont des roches, une nuit d'éclats froids. Sidéré, je rebondis sur du caoutchouc.

Je suis celui qui ne peut rien.

À ce stade, je demande une grâce, je requiers une faveur.
Accordée, répond Ada.
Que fais-tu, enceinte sainte ?
Tu vois, je me démantèle. Viens, viens sous ma tente, sois chevaleresque.

Nord de Mistissini, Québec.

Une excursion idéale, la randonnée ingénieuse d'un maître de trappe.

Un jour parfait les sépare, ils marchent en hiver et rien ne les trompe, toutes choses se distinguent dans ce paysage.

Etchemin devant, ils laissent des traces dans la poudreuse.

Les bruits mats aussi sont précis, ils avancent dans la taïga, attentifs à l'immobile, occupés de détails, ils contournent des pins, ils franchissent des ruisseaux, une acuité fine les prévient et leur évite les faux-pas.

Un bras de rivière indique une direction, il faut de l'esprit et un guide sagace pour atteindre l'abri en rondins.

Ils n'iront pas plus loin, au-delà, le sang se fige.

Ils seront tout près, derrière un carreau de givre.

Là-bas, faire craquer une allumette et se réchauffer d'un feu de bois sec.

Appel au Septentrion.

Dehors, une autre langue.

Une voûte lucide, une calotte blanche et sereine.

Il invoque le patient, l'apôtre subtil des confins glacés, un battement par minute.

Des peaux et des dards d'os, une mèche de lichen, la graisse d'un phoque brûle dans une pierre à savon.

Il faisait vraiment très froid, commente Ada.

L'ultime

Tara, comté de Meath, Irlande.

Le ciel est en bas. Sous la neige, ce sont des bétyles.
Aux alentours, plus un chemin pour mener quelque part, les cheminées font des signes.
Rien ne se passe, ce sont des jours qui s'achèvent et de la besogne qu'on laisse.
On ne se souvient pas d'un temps pareil, l'encre se glace et les notes grelottent, ce sont des feux partout, de longs panaches qu'étire le nordet.
Ada, ce fard à paupière et ce lapis dans une timbale ?
Tu écoutes mais ce n'est pas le tympan, une attention derrière les yeux, orientée à l'apogée.
Ada, tu mets un collant de laine.
Tu écoutes, tu écoutes encore et ton ventre te suffit.
Dehors, un pays brillant, des mésanges éblouies.
Ce n'est pas tout à fait le silence, c'est un jour clair d'idées et des lacis de branches noires.
Les possibles s'épuisent, à la fenêtre, l'instant simple, l'ultime réfléchi dans l'immaculé.

Les nuits s'allongent, on s'enrhume.

Ada, ta démarche confiante, c'est la terre qui tourne sous tes pas. Ton vêtement, la laine d'étincelles où s'agrègent les errements, ce sont les formes du temps.

Ada, tu échappes aux langues qui te prononcent, langues mortes et toi toujours vivante. Tu en laisses muets et d'autres qui chantent, les laineux qui entendent et soupirent.

Ada concrète, ce sont des rêves déserts qui s'accrochent et t'habillent, des signes exaucés sur ta peau.

Ada, ce mouvement, cette allure, c'est une icône qui dépasse l'entendement.

Ada chatoyante où je vibre et prends corps.

Ada mirobolante.

Soulèvement

Université de Tara, comté de Meath, Irlande.

Une pie perce et casse une noix sur le toit.
Eux dans l'eau froide, ils lèvent des nasses qui frétillent, poissons d'argent.
Ada au piano, tu choques des cordes, le ciel en toi.
Ces notes, c'est un soulèvement que tu médites, c'est un air qu'ils entendent, eux, qui emportent l'aubaine.
Tu exerces ton talent, les influences participent à ta musique. Tu devines des acquiescements admiratifs et tu t'encourages des silences qui écoutent et approuvent. Ada, ce que tu oses à présent, s'impose, tu es conquise et prise à cette fugue que tu ne connais pas.
Ada, un fumet de tourbe et un touché précis, les conversations dans les fauteuils, cette salle badine, les longs couloirs et les portes entrebâillées. Par une fenêtre ouverte, les allées, les chemins, les pensées, tout ce que tu atteins par des figures abstraites, tes édifices qui permettent aux matières des perspectives en menuiseries raffinées et des volumes d'architecte qu'elles investissent d'imaginations assorties à des meubles robustes.
Ada, boucles d'oreilles.
Est-ce quelque chose de nouveau que tu suggères, une hypnose, des consignes à des manœuvres et de petites mains, ou un ordre intimé aux autorités que tu subjugues ?

Cette formule, cet art et ces façons dans le salon luxueux, est-ce un souhait qui se réalise ?
Cueilleurs, il est temps, le gui fleurit.

Un pays

Bellème, comté du Perche.

Le pain lève dans du linge, Laura dans la cuisine.
Il sera cuit ce soir, pour Ada.
Elle a réveillé son levain et pétri sa farine.
Ada sur son tapis.
Elle a mis un bonnet, un manteau et des gants, son écharpe flotte au vent. Le jour décline, c'est un vol de nuit.
Dehors, un frimas glace la colline.
Ada, ne prends pas froid !
Demain, elles mangeront des tartines. Demain, Ada et Laura !

La campagne blanche et les glaçons aux branches.
Près du feu, ce qu'elles se disent, bouches fines.
Ma mie, tu as bonne mine.
Elles se parlent en balayant des miettes sur la table.
Leurs voix, leurs belles intonations dans cette maison, pour ce lieu et cet instant, ce qu'elles entendent de l'autre, elles le savent déjà.
C'est un sceau, l'univers à l'unisson.
Elles, en langue créole, en phonèmes fidèles, confirment ce qui s'accomplit, cette part de soi qui prend place en toutes choses, l'ampleur de l'expérience, les parfums sincères et les

pulpes moelleuses, les erreurs et les prudences, le terrain gagné, les luttes âpres pour la conquête d'une plaine sereine dont elles témoignent en remuant les lèvres.

Ce sont vos territoires, et ces mots ce sont des toponymes qui sont des sésames pour les estafettes pleines de messages, les courriers essoufflés qui les prononcent aux carrefours, portant peaux de loups et talismans, des consonances franciques qu'ils roulent d'accents russes, chevaux piaffants, ils saluent en tonnant.

Vos belles villes et vos champs, les chemins que vos gens indiquent et des forêts entières, belles dames, nous sommes fourbus, mais votre pays vaut la peine d'être vu !

Derrière un brouillard épais, à quelques portées d'arbalète, votre pays de cocagne. Il faut oser pour voir briller ce soleil, ou bien fuir comme ce grand cerf arrivé hier. Le trouve qui cherche un désert.

C'est, ici, un peuple qui se souvient d'une grande migration. Entre lui et les autres, un océan, des sommets élevés, des dunes arides et des paysages glacés. Un danger, un effroi.

Ces frontières, ce sont des reflets et des illusions, un péril et des champs stériles jonchés d'équipements laissés par des armées exsangues.

Des cimetières où gisent des troupes entières, tous les nombreux qui ont fini là, épuisés par la famine, arrêtés à vos limes, médusés, morts de peur où morts de faim, morts d'une mort certaine, d'une charge trop lourde, de ne pas savoir que sur ces franges on voyage léger, qu'un modeste tribut, une obole suffit pour passer.

Ce continent, c'est votre plaisir et vos rives où s'échouent les barques saintes venues réclamer ce qui est dû. Ce sont vos lois et c'est l'homme à sa juste mesure.

Cette carte, ce sont vos coloris, les lunaisons et les solstices, ce sont vos pouvoirs, ce que vous appelez et qui vient, ces apparitions dans vos palais, cette cour de poètes, si vieux et si maigres que leurs âmes ont des ailes, ce que le ciel regarde et le ciel lui-même, le ciel qui n'en revient pas, qui tourne et fait des ombres de tout ce qui se dresse.

Ada et Laura, vos beaux corps et ce qui les anime, vos grâces et vos épreuves, la matière du mythe et vos alentours héroïques.

Son visage

Dans l'atelier, c'est le poêle qui ronfle.
Le grain que Laura peint, la peau d'Ada.
Son visage, son joli teint, ses lèvres carmin.
Laura peint ce qu'elle voit, les yeux noirs d'Ada et ses longs cheveux qui tombent sur une mantille.

L'appareil qu'elle applique, l'étoffe sur son épaule, l'or brodé et le rouge profond, c'est un baume de drap fin où son regard bleu s'alite, cueilli dans les plis à côté d'un chat qui ronronne, contre le sein d'une amie, dans l'odeur chère qui l'enveloppe et la rappelle si près d'elle-même.

Un endroit sûr, le visage d'Ada, l'œil de Laura, le poêle les réchauffe.

Ada, ce qu'elle abandonne.

Ce que regarde Ada, le soleil et les reflets de neige, les bois et les prés, les lieux à la ronde délivrés par des passages, les inventions des pattes entre les buissons et les arbres, l'espace disponible au guet immobile d'un bec et aux trouvailles qu'elle médite.

Les orangers dans la serre, l'odeur du thé, la vapeur d'un samovar.

Ada, ce qu'elle dit à Laura.

Oui… j'aimerais beaucoup… nous ferons cela demain, répond Laura.

L'équation

Université de Gaspésie, Nouvelle-Écosse.

Les chercheurs, les professeurs, on se croise dans les couloirs, les boites de craies dans les bureaux, les mimes agiles et les signes au tableau.

C'est l'affaire des méninges, il faut de la rigueur, de l'extrême précision.

Ce qu'ils découvrent, quel vertige !

Ce dont l'esprit est capable !

Ce qu'il conçoit et ce qu'il formule !

L'enthousiasme est visible. Quelle intuition ! Quelle justesse !

Des lois constantes où s'appliquent des variables, on en déduit de nouvelles relations et des quantités dont seuls les mages osaient supposer l'influence.

Les nombres font apparaître les ambiances que le cosmos sécrète et mettent en évidence des magnétismes déterminants, des ondes et des charismes de griot qui agissent sur nos tsitsits et pourraient bien révolutionner les théories de la psyché.

Une foule bavarde est réunie dans l'amphithéâtre, les conversations vont bon train en jargon de docteurs. Les éminences de l'institution sont venues en personne apprécier le prodige et féliciter ceux qu'on avait mis au ban et relégués dans un vieux bâtiment.

Les collègues confus reconnaissent la prouesse et admirent le résultat de ces années d'efforts, on se repent de l'injustice faite au génie, on regrette le peu de crédits alloués, les conditions inconfortables, la goutte au nez dont on se moquait, les pièces humides et mal chauffées, l'incrédulité et le soupçon à l'égard de ces excentriques qui étudiaient les évènements stellaires et leurs corrélations avec le vivant, cantonnés au fond du campus, à bonne distance derrière un feuillage pudique.

C'est l'euphorie et chacun se mêle de proposer sa contribution en présentant des statistiques, des résultats de recherche oubliés dans un fond de tiroir ou encore des travaux d'étudiants au sujet de la pérégrination des planètes et des amas qu'on avait malheureusement sous-estimés.

Des compositions savantes, dignes d'intérêt, qui, semble-t-il, pourraient corroborer les implications de l'équation sublime exposée sur le tableau noir.

Au premier rang, un anthropologue spécialiste de l'évolution tend des feuillets pleins de chiffres en s'exclamant qu'il en était persuadé depuis fort longtemps, qu'à n'en pas douter nous sommes les sujets d'un programme, que nous baignons dans l'information que l'univers diffuse, par un rayonnement qui agirait sur des récepteurs situés dans nos gènes au point de provoquer certaines des mutations spectaculaires à l'origine des bonds évolutifs qui caractérisent l'ascension du vivant.

Les champs du possible, les prophéties des astrologues.
Ce qu'ils découvrent... !

Confins

Halifax, Nouvelle-Écosse.

Orion au sud. Là où je suis, ce n'est pas assez haut.
Bredouille, je ménage ma peine, incertain aux questions.
Vraiment, vraiment, je n'en sais rien.
La beauté de tout ce qui m'échappe !
Si je pouvais m'en souvenir en ces jours déchus.

Bételgeuse, Bellatrix, Rigel et Saïph, lointaines au-dessus d'un toit.

Je m'en vais sous ces soleils étranges, sur des roches et des veines, ma géologie personnelle, mes sentiers préférés où je décide de mes itinéraires selon des nécessités que je ne comprends pas, docile à un effort dont ma raison s'offusque.

A-t'on idée !

Ce caprice, à cette heure tardive, par ce temps de bête, sur cette lande exposée au vent froid !

Je marche et m'enlève.

Cabot, je cherche mon plaisir.

J'y vois peu, des masses confuses et un sentier de neige tassée, faiblement éclairé par le croissant de lune. Mais bientôt l'endroit me convient, sa bonté, tout ce dont il m'allège, ce qu'il procure et ce qu'il éveille, ce que j'y trouve de courage, ce qu'il transforme chemin faisant.

Je savoure à loisir les déplacements d'une joie sans bornes.

Aïnou

Île d'Hokkaïdo, Japon.

Peau d'ours. Un gargouillis sous la glace.
Une cascade accrochée aux pierres, arrêtée par le gel.
Pas une pensée sous les poils.
Un affût près des bouleaux, une butte sur la berge.
Il reste un bout d'homme, mais discret.
Les coutures d'une tunique, la décision qu'il a prise un peu plus tôt, les traces dans la neige laissées en retrait.
Quel mot pour ce qu'il est à présent ?
Quel nom lui donner ?
Au-dessus des laves, la vapeur d'une source chaude.
Ce qui vient à lui.
Les poissons dans l'eau limpide.

Prémices

Université de Tara, Irlande.

Depuis le début de l'année, ils sont quelques-uns à sortir du jardin, baladins, ils s'aventurent dans les allées.
Ils s'y promènent, doux et tranquilles, sifflotant ou chantonnant, s'arrêtant pour saluer les passants.
Des badauds bégaient parfois leur étonnement de les voir aller ici et là, hors de l'enclos et libres de leurs mouvements.
Quand on les croise, quel étourdissement !
Pressé et chargé de cahiers, on manquerait de les heurter.
Quelle est belle, quelle est belle cette ribambelle !
Ils vont et viennent en s'égayant de ritournelles.
Quelle lubie les amène, en sandales parmi le profane ?
On les connaissait timides, on les découvre avenants.
On n'ose pas de questions, ils sont impressionnants.
Ce qu'ils déplacent, on se sent gagné, quelque chose de troublant, un doux vacillement.
On se dit, ils sont bénis ces oiseaux-là.

Ada pieds nus, un soleil d'hiver, tu te réchauffes à la fenêtre.
Le beau matin !
Les cloches sonnent la messe, les fidèles bavardent devant la chapelle.
Ce beau jour, tout ce qui s'élève et tout ce qui descend !
Ada, un air de flûte, du linge blanc, du coton tiède.

Ada, ce qui fond dans la gouttière.
Les bêlements, les volettements, les frous-frous d'ailes.
Ada sous les paupières.
Les feux doux dans les cuisines, les cocottes patientes.

Lustres

Bellème, comté du Perche.

Les cailloux écument, ce qui court, ce qui déborde. Les champs gorgés, les miroirs. L'eau s'étale.

Laura, les suites improvisées, un chamboulement de nuit blanches. Les fumées molles et lourdes, le temps humide, les matins crus.

Laura, la porte ouverte.
L'air qui entre dans l'atelier, la lumière surprenante et l'éclat des losanges. Les recoins qu'elle ne voyait plus, des pans de plâtre et un paysage posé contre un mur.
Un chien renifle dehors et puis des trilles.
Le Sud, clair et doux.
Ici, une place pour des nouveautés, qu'elle arrange d'un regard.
Sur la chaise, un sujet à venir, le gilet d'Ada, un chat qui s'étire.
Laura, les choses promises.

Les robinets, l'eau qui s'écoule.
Les pas d'Ada, un parfum frais, son dos et ses fesses, une toilette soigneuse.
L'importance du détail. Où sont mes lunettes ?

Dehors, un écureuil gigote.

Vos énigmes en bas, les bruits qui déambulent.

Discret, je lis mon journal, ramené tôt ce matin, caché sous le manteau. Les litanies, les malheurs épouvantables. Les commentaires, les raisons, la manière de s'y prendre.

Les résultats escomptés, les rapports, les remèdes calamiteux.

Les avanies, les turpitudes. Ce qu'on s'inflige.

Ce qu'ils en disent, un sommet du progrès, les formules, les calculs, les appareils sophistiqués, l'art mis à profit et les arrière-pensées.

Un édifice qui justifie qu'on mobilise une logistique coûteuse, une façade élancée vers les béances du ciel, ornée d'images, mais chargée de gargouilles, mais fondée sur des tombes, mais un écrin pour des os, qu'on vient voir, fascinés par les trous affreux du siècle et les lapsus qui trahissent ce qu'on avoue à peine.

J'espérais... des nouvelles.

Sous le plancher, les pièces illuminées.

Vos voyages, vos transports enthousiastes.

Ce qui se dissipe. Je descends, baigné de clarté.

Les bois brillants, les tissus rafraîchis, vos lustres ensoleillés.

Je passe outre et je sors. Dans l'allée, un lévrier, des indices.

Un froid vif, des branches fragiles.

Dans le pré, derrière un fil, la patience des appaloosas.

Le temps nécessaire, une éternité. Une première fois.

Silencieux, je perds la mémoire.

Éreinté, je ne réponds pas.

Ada, radieuse. Laura l'habille.

Elle s'applique, une robe qu'elle ajuste et des apprêts à l'aiguille.

Le ciel les attend. Ce ne sont plus des jours, ce sont des heures.
Ada mon amie, ma beauté.
Tourne-toi encore ! Que je vérifie.

À l'est, Castor et Pollux. Où sont Ada et Laura ?

Ada et Laura, leurs bracelets, les perles à leur ceinture.
Sur un tapis volant, au-dessus de la terre.
Le Levant et le Couchant, les deux hémisphères.
Une auréole, le ciel autour.
Regarde... là-bas ! S'exclame Laura.
Je vous admire, je suis votre course, l'œil rivé au télescope.

Chandelles

Lac Wiyasakami, Québec.

Les yeux qui s'ouvrent et les narines.
Les premiers jours, des jours d'herbe sèche, d'ours en appétit.
Hors des tanières, les imprudences, les silhouettes mobiles.
À midi près de la rive, allongées entre les souches pour se dorer, elles sont blanches et la neige fond encore.
Une canne, un canoë qui tangue, une truite qui s'agite. Sur l'eau, washté ! C'est grand-père Etchemin.
Un bruit de vaisselle dans la cuisine.

Au firmament, vos lieux supposés.
Vos positions qu'un ciel couvert m'oblige à déduire de l'heure.
Au-dessus des nuages, vos yeux écarquillés.
Par les éclaircies, vos étonnements et vos tendresses reflétées dans les rivières et les lacs.
Sur la terrasse, quelques bouffées de tabac.
Nyctalope, je m'oriente.
Grand-père Etchemin se balance.
Quand le ciel s'ouvre : « Haa hey, les belles chandelles ! ».
À l'intérieur, Ada et Laura, endormies sous des peaux.

Départ

Tara, comté de Meath.

Le portillon est ouvert.
Ils sont partis, les moinillons.
Par petits groupes, dans toutes les directions.
Une couvée à peine éclose, en ordre mendiant, des vœux en balluchons.
On en apporte des nouvelles aux premiers jours du printemps.
Ceux qui les ont vus marcher à travers champs ou disparaître derrière un versant.
Un marin, absolument certain, affirme qu'ils ont traversé l'océan.

Pérégrinations

Algiéba dans la constellation du lion.

Un soleil neuf, un vol de bonne augure.
Au-dessus des énigmes, un ciel propice.

La beauté du planisphère, ils sont en marche.
Leurs pieds embaument le thym et le romarin.
Un printemps de brises, de parfums soulevés.
Oui, ils sont en marche, les sereins.
Ils s'égayent des légèretés de la saison nouvelle.
Les papillonnements, les bourdonnements.
Ils sont si présents.
Ils cheminent à l'agonie, leurs pas sont les instants où ils succombent.
Là, une prairie, un arbre en fleur.

Sous un châle, les allées et venues entre les bancs qui s'enflamment.
Ada, les trajectoires, les enthousiasmes.